바람이 되어
살아낼게

일러두기

1. 공식 명칭은 4·16 세월호 참사입니다.
   이 글에서는 세월호 참사, 참사, 사고로도 적고 있습니다.

2. 각주는 모두 편집자주입니다.

3. 〈책을 내고 난 후〉와 〈다시 10주기〉 글은 세월호 참사 10수기를 맞아
   초판에 덧붙인 개정판 원고입니다.

바람이 되어
살아낼게

유가영 지음

세월호 생존학생,
청년이 되어 쓰는 다짐

다른

저는
생존학생이었습니다

한때 우리의 목소리를 들어 주지 않는 세상을 원망한
적이 있어요. 그 시절의 우리는 참사의 당사자였지만
어른은 아니었으니까, 그리고 시간이 지나면서는 세상이
더 이상 그 이야기를 듣고 싶어 하지 않는 것 같았어요.
세상은 시련을 겪은 누군가가 그걸 훌륭하게 극복해
내야, 그제야 그 사람을 바라봐 준다고 생각했습니다.
그런 사람들이 나중에 박수를 받는다고요. 그러니 저
역시 제게 주어진 이 시련을 보란 듯이 이겨 내서 훌륭한
사람이 되고 싶었어요. 훌륭한 사람이 되어서 그때까지의
저의 삶을, 우리가 견뎌 낸 고통을 세상에 알리고
싶었어요.
하지만 그렇게 아등바등하다가 깨달았습니다. 저는

단지 좀더 불운한 일을 겪은 지극히 평범한 사람이라는 것을요. 평생에 남을 상처를, 평범한 제가 어떻게 완전히 극복해 낼 수가 있겠어요. 그걸 깨닫게 되자 세상이 더 원망스러워졌습니다. '이대로라면 내 목소리는 아무도 들어 주지 않을 텐데, 나는 그때 그대로, 불쌍하고 안됐고 힘들어하는 아이로 남는 걸까' 하고 절망에 빠지기도 했습니다.

＊

그 사고가 있고 시간이 지나 지금 저는 이십 대 성인이 되었어요. 그동안 여러 일을 겪고 많은 걸 깨달았습니다. 그러다 제가 하고 싶은 일을 찾기도 했고요. 그러면서 전, 아무래도 좋다고 생각하게 되었어요. '세상이 나의 목소리를 들어 주지 않아도 좋아. 중요한 건 나니까. 세상이 몰라준대도 나는 알아. 내가 어떻게 성장했는지. 나는 그런 내가 정말 대단하다고 생각해.'
그렇게 생각하며 제가 할 수 있는 일들을 해나가던 어느 날, 친구들과 함께 만들고 활동하던 비영리 단체 '운디드 힐러'에 출판 제의가 들어왔어요. 저는 좋은 기회라고 생각했어요. 옛날처럼 세상이 나의 목소리를 들어 줬으면 하는 바람 때문은 아니었어요. 그저 지금의 아이들이 알았으면 했어요. 불과 얼마 전 세상에 무슨 일이 일어났는지, 그때 그 일을 겪은 아이가 어땠는지, 그리고 이제 어른이 되어 어떻게 사는지. 또 혹시라도, 그때의 저와 같은 고통을 겪는 누군가가 있다면 제 이야기를 듣고 조금이나마 힘이 되었으면 하는 생각도 들었습니다. 그래서 출판에 대해서도, 글을 쓰는 방법에 대해서도 전혀 몰랐지만 책을 쓰기로 결정했어요. 하지만 결정하고 나자 막상 겁이 나고 고민에 휩싸였습니다.

'나처럼 평범한 사람이 책을 써도 되는 걸까?'

'욕먹으면? 비난당하면 어떡하지?'

'섣불리 책을 냈다가 생존학생들의 목소리를 대표하는 게 되는 건 아닐까? 모두들 각자 다른 삶을 살아가고 있는데…'

그러다 곧 이 모든 게 정말 바보 같은 고민이라는 걸 깨닫게 되었어요. 무엇을 한들 아무것도 하지 않는 것보단 나을 테니까요. 그래서 저는 최선을 다해서 글을 쓰기 시작했어요. 처참했던 그때의 사고와 그 후의 지난했던 상황들을 기억해 내는 게 순간순간 버겁기도 했지만 노력했어요.

이 책을 쓰기 시작하고 얼마 안 있어 우리나라에서, 그것도 이번엔 서울 한복판에서 많은 사람이 희생되는 참사가 일어났어요. 그때의 우리가 겪었던 것처럼 '막을 수 있었던 인재'로 희생되는 사람들이 없길 바랐는데 10년도 채 지나지 않아 또 이런 일이 일어나다니 하늘이 원망스러웠어요. 하지만 그런 원망도 잠시, 세월호 참사 때와 달라진 게 하나 없는 듯한 세상에 큰 충격을 받았습니다. 정말 똑같은 말과 상황이 이어지는 걸 보면서요. 놀러 갔다 사고 난 게 자랑이냐는 식의

비방과 혐오, 보호받지 못하는 피해자와 유가족, 부족한
심리치료 지원, 책임을 미루는 어른들과 책임지지 않는
책임자들….

세월호 참사를 겪은 세대가 이만큼 자랐는데도 아직
세상은 변하지 않은 것 같아요. 왜 사람들은 모르는
걸까요. 이런 일들을 계속 무시하고 지나친다면 그다음
차례는 자신과 가족이 될 수 있다는 걸. 그걸 막기 위해
왜 남겨진 사람들만 몸부림쳐야 하는 걸까요. 저는
세상이 변했으면 좋겠어요. 그러기 위해서 다음 세대인
아이들도, 더 성장해 나갈 저의 세대 사람들도 우리
앞에 벌어진 참사에 두 눈 뜨고 관심을 가져야만 한다고
생각해요. 저도 그러기 위해 많은 노력을 할 거예요.
남겨진 사람 중 한 명으로서, 이 나라에 사는 사람으로서.
부디 관심을 거두지 않기를, 생각을 멈추지 말기를
바랍니다. 자신과 소중한 사람들의 삶을 지키기 위해서.

-2023년 4월

마지막
수학여행

돌이켜 생각해 보면, 어렸을 적 저는 친구들과
어울리기보단 책을 읽는 게 더 좋았어요. 책 속의
환상적인 세상에 푹 파묻혀 있으면 수많은 이야기가
주위를 뱅뱅 맴도는 듯했고 그것이 친구들과 노는 것보다
즐거웠습니다. 그래서였는지 중학생이 될 때까지 어느
누구와도 깊게 친해지지 못하고 그저 책 속의 세상과 나
자신의 세계 속에서 빠져 살았던 것 같습니다.
하지만 그런 고요하고 쓸쓸한 생활 속에서도 저에게
가까이 다가와 준 따뜻하고 살가운 친구들이 있었습니다.

　　"가영아, 주말에 그거 봤어?"

　　"혼자 뭐 해? 같이 놀러 나가자!"

그 친구들 덕분에 어느 순간 저는 스스로 누군가와
관계를 맺고 쌓아 나가는 데에 서툴고 부족한 사람이라는
걸 깨닫게 되었어요. 그때부터 아무도 나를 모르는
새로운 곳으로 가고 싶다는 생각이 가슴 한편에 자리를
잡았습니다. 그리고 그곳에서 친구들과 제대로 사귀고
싶다는 마음이 커져 갔어요.

시간이 흘러 중학교를 졸업할 때가 왔습니다. 새로운
마음으로 고등학교를 다니고 싶었던 터라 일부러 집과
거리가 먼 학교를 가야겠다고 결심했어요. 그렇게
1지망으로 신청한 곳이 바로 '단원고등학교'였습니다.
추첨을 통해 학교를 배정받는 고교평준화가 시작된
첫해였기 때문에 사실 크게 기대하진 않았어요. '운이
좋으면 붙을 테고 아니면 떨어질 테지…' 하지만 무슨
운명이었는지 1지망에 덜컥 뽑혔습니다. 제일 원했던
단원고등학교에 갈 수 있게 된 것이죠.

거리가 멀어 통학이 힘들었지만 그건 곧 적응이
되었습니다. 학교생활도 제법 즐거웠어요. 새로운
공간에서 새로운 친구들을 만나 함께 어우러지는 법을

배우고, 또 부딪히는 법도 배웠습니다. 그러면서 속을
터놓을 수 있는 친한 친구들도 사귀게 되었고요. 그때
저는 학교가 좋았어요. 새로운 기대에 가슴이 부풀던
날들이 이어졌어요.

＊

그리고 그날도 그랬습니다. 고등학교 친구들과는
처음이자, 학창 시절 우리들의 마지막 수학여행
날이었어요. 장소는 우리가 사는 경기도 안산에서
남쪽으로 멀리 떨어진 섬, 제주도였습니다. 봄에는
노란 유채 꽃밭이 펼쳐지고, 겨울에는 한라산에 눈꽃이
아름답게 맺히는 아름다운 섬이라고 들었어요.
여느 아이들처럼 우리는 수학여행을 가기 몇 주 전부터
들떠 있었습니다. 쉬는 시간이 되면 모여서 떠들기
바빴어요. 제주도에서 사고 싶은 것, 먹고 싶은 것을
이야기하며 그날이 오길 손꼽아 기다렸습니다.

그때 저는 학교가 좋았어요.

새로운 기대에 가슴이 부풀던 날들이

이어졌어요.

그날

2014년 4월 15일 저녁 6시, 우리는 인천 연안여객터미널에서 배를 기다리고 있었습니다. 그날은 안개가 많이 껴서 날이 무척 흐렸어요. 배는 인천에서부터 서해를 타고 쭉 내려간 뒤, 남해를 지나 제주도에 닿을 예정이었습니다. 저녁에 출발해 다음 날 아침까지, 무려 13시간 동안 바다 위를 항해하는 여정이었어요. 잔뜩 흐린 날씨 때문에 출발 시간이 늦어지고 있었지만, 저와 친구들은 수학여행의 기쁨에 그저 즐거웠습니다.

"난 진짜 돌하르방이 갖고 싶어.
어디서 하나 쓱 뽑아 오면 안 되겠지?"

"그 무거운 걸? 무리일 거 같은데? 흐흐. 그냥 키링

　하나 사. 돌하르방 모양으로 만든 초콜릿도 있대."

"맞다, 초콜릿! 난 백년초 초콜릿이 그렇게 맛있더라."

"아, 신난다. 기념품 잔뜩 사 오자!"

한참을 기다리고 또 기다린 끝에 밤 9시가 되어서야 겨우
출항 허가가 났습니다. 출발하기로 예정된 시간보다
약 2시간 반이나 지나 있었어요. 그리고 왜인지는
모르겠지만 원래 우리가 타려고 했던 배가 아닌 다른
배에 타게 되었습니다. 옆면에 '세월', 'SEWOL'이라는
이름이 적힌 아주 커다란 배였어요. 그렇게 큰 여객선은
모두가 처음이었습니다. 차례로 줄을 지어 배에 오른
우리는 설레는 마음으로 객실로 가는 계단을 올랐습니다.
배 안은 총 5층까지 있었는데, 그중 갑판 위의 3층과
4층이 승객이 머무르는 객실 공간이었습니다.
5층에는 배를 조종하는 조타실과 승무원실이 있었고,
갑판 아래 1층과 2층은 무거운 화물과 차가 실리는
화물칸이었습니다.

학번 순서대로 객실을 배정받은 우리는 먼저 각자 쓸 침대를 정했습니다. 이층 침대는 처음 써보는 거였고 생각보다 좁았지만 그런 건 전혀 중요하지 않았어요. 부모님 없이 며칠씩 여행을 가는 건 처음이라 모든 것이 신기하고 들뜨기만 했으니까요.

늦은 저녁을 먹고 우리는 갑판 위에 모여 신나게 레크리에이션을 했습니다. 끝날 무렵엔 다 같이 춤도 췄어요. 평소에 왠지 어색했던 친구와도 마주 보며 함께 춤을 추고 웃었던 장면이 기억납니다.

그리고 다음 날 4월 16일 아침이었어요.

모두 식당에 앉아 밥을 먹는데 문득 '식판이 기울어져 있다'는 것을 깨닫게 되었습니다.

"뭐야, 이거 왜 이래?"

"지금 배가 커브를 돌고 있어서 그런가 봐."

우리는 서로 그런 말을 주고받으며 대수롭지 않게 여기면서 밥을 먹었습니다. 식사 후 객실에 들어와 저는 침대에 누워 쉬고 있었어요. 그런데, 시간이 조금씩 지날수록 가만히 누워 있기 힘들 정도로 배가 기울고 있다는 걸 알게 되었습니다. 불안한 마음에 우리는 복도로 우르르 몰려나왔습니다. 곧이어 끼이익 소리가 나며 배가 완전히 멈춘 것이 느껴졌습니다. 그때는 이미 다들 당황해서 어쩔 줄 몰라 했습니다.

바다 한가운데라 통신이 잘 연결되지 않아 전화도 문자도 불안정했습니다. 더구나 저는 정신없이 나온 바람에 휴대폰을 옆 객실에 두고 와서 아무것도 확인할 수 없었어요. 머지않아 배 안의 불까지 꺼졌습니다. 어둑한 배 안에서 우리는 상황이 심각하다는 것을 점점 느꼈습니다. 그때 한 친구가 구명조끼를 꺼내기 위해 나섰습니다. 이미 걸어서는 객실과 객실 사이를 넘어 다닐 수 없을 만큼 배가 기울어져 있었지만, 그 친구는 필사적으로 돌아다니며 구명조끼를 꺼내 나누어 줬어요. 그 친구 덕분에 우리는 구명조끼를 입을 수 있었습니다. 그리고 어둠 속에서 구명조끼를 착용한 채 상황이 나아지기만을 기다렸어요.

얼마쯤 기다렸을까요. 배 안의 스피커에서 안내 방송이
흘러나오기 시작했습니다.

  "가만히 있으세요. 움직이면 위험합니다,
   가만히 계세요."

우리가 있던 방에선 창을 통해 바다가 보였습니다.
그래서 배가 기울어 수면이 점점 가까워지는 걸 눈으로
알 수 있었어요. 그때 우리 반 아이들이 모여 있던
방의 복도 쪽에는 어른이 한 명도 없었습니다. 그렇기
때문에 아이들끼리 서로 의지한 채 불안에 떨 수밖에
없었습니다.
시간이 얼마나 흘렀을까, 안내 방송대로 그렇게 '가만히'
있는데 저 멀리 문 너머로 해경이 왔다면서 헬기를 타고
나갈 사람들은 나오라는 소리가 들렸습니다. 하지만 다들
헬기를 타는 게 무섭기도 했고, 다른 해경들이 곧 배를
타고 우릴 구하러 와주겠지 하는 마음에 선뜻 나가겠다
하지 못했습니다. 저 역시 그중 하나였어요.

그때 1학년 때부터 친하게 지내던 한 친구가 함께
나가자며 저를 불렀습니다.

　　"가영아, 우리 헬기 타고 나가자!"
　　"지금? 하지만⋯."

그 당시 저는 배가 기울어진 쪽의 가장 끝 객실에 있었기
때문에 몸을 가누기조차 어려웠습니다. 도저히 혼자
힘으론 그곳을 나올 수 없어 머뭇거리고 있는데 친구가
다시 외쳤습니다.

　　"괜찮아, 내가 끌어당겨 줄게!"

친구는 제 손을 잡고 온 힘을 다해 객실에서 복도로 저를
끌어 올려 주었습니다. 그렇게 나오기 전에 잠시, 뒤에
남겨진 친구들의 얼굴을 돌아봤던 것 같은데⋯ 지금은
아무것도 기억이 나지 않습니다. 그때를 생각하면 아직도
마음 한구석이 쿡쿡 아리는 듯합니다. 친구들은 저를

어떤 얼굴로 보고 있었을까요. 먼저 그곳을 떠나는 저를
원망했을까요.

*

힘겹게 복도에 나와 보니 상황은 더 심각했습니다.
혼자서는 타고 오르기 힘들 만큼 경사가 가팔랐어요.
다행히 먼저 위로 올라간 다른 탑승객 아저씨들이 마치
동아줄처럼 소방 호스를 아래로 내려 주었고, 우리는
어떻게든 그 줄을 잡고 버티며 올라가야 했습니다.
두려운 마음에 가슴이 마구 쿵쾅거렸어요. 계속해서
식은땀이 흘러 줄을 잡은 두 손이 미끄러웠습니다.
사방에서 들려오는 온갖 소리에 순간순간 정신이
아득해지는 것 같았습니다. 친구는 올라가는 도중에 힘이
빠져 밑으로 굴러떨어지기까지 했습니다. 그 순간이
얼마나 아찔했는지 모릅니다. 그렇게 우리는 미끄러운
바닥을 기어 위로, 계속 위로 올라갔습니다.

그리고 다음 날 4월 16일 아침이었어요.

모두 식당에 앉아 밥을 먹는데

문득 '식판이 기울어져 있다'는 것을

깨닫게 되었습니다.

"가만히 계세요."

우리가 있던 방에선 창을 통해
바다가 보였습니다.

마침내 갑판으로 나왔을 때 비로소 사태가 한눈에
보였어요. 우리가 타고 있던 커다란 배가, 완전히
옆으로 기울어져 누워 있다는 것을요. 난간 가까이에서
내려다봐야만 보이던 배의 겉면이 멀리서도 훤히 잘
보였습니다. 놀랄 새도 없이 우리는 정신없이 계속
탑승객 아저씨들의 도움을 받으며 계단을 넘었고, 갑판을
빠져나와 배의 겉면에 올라탔습니다. 그리고 조심조심
걸어서 마침내 그곳에 대기하고 있던 헬기를 탈 수
있었습니다.

헬기에는 저 말고 단원고등학교 학생 3명이 더 있었는데
평소 친했던 같은 반 친구도 함께였어요. 그 친구는
많이 놀랐는지 얼굴이 하얗게 질려 있었고 숨도 잘 쉬지
못했습니다. 그 친구의 손을 꼭 잡은 채 창문 너머로
우리가 떠난 배를 내려다보았어요. 배는 이제 더 이상
갑판도 보이지 않을 정도로 기울어져 있었어요. 그래도
아주 조금은 안심이 되었습니다. 주위로 작은 배들이
모여들고 있는 게 보였으니까요.

'괜찮아, 저 배들을 타고 다들 무사히 빠져나올 수
있을 거야.'

﹏﹏ ✳

이윽고 우리를 태운 헬기는 서거차도라는 작은 섬에
착륙했습니다. 그곳에서 한참을 덜덜 떨며 다른 친구들이
구조되어 오기를 기다렸어요.
마을회관 밖에 선 채 친구들을 기다리는데 창문 너머로
텔레비전 화면이 보였습니다. 생방송으로 뉴스 속보가
흘러나오고 있었어요. 우리가 방금까지 타고 있던
바로 그 배의 모습이 실시간으로 화면을 가득 채우고
있었습니다.
그러자 뉴스를 보고 놀라고 계실 부모님이 생각나 다들
서둘러 전화를 걸기 시작했습니다. 저는 아무것도
챙기지 못하고 맨몸으로 배를 빠져나왔기 때문에
친구에게 휴대폰을 빌려 전화를 해야 했습니다. 다행히
엄마는 일을 하시던 중이라 아직 뉴스를 보지 못한

상황이었어요. 저의 이야기를 듣고는 바로 목포로
내려온다며 황급히 전화를 끊으셨죠. 지금 생각해 보면
다행이었어요. 만약 엄마가 뉴스를 먼저 보았다면,
그래서 저에게 전화를 걸고 있었다면, 연결되지 않는
신호음을 계속 들으며 얼마나 끔찍한 상상을 하고
계셨을까요.

전화를 마친 우리는 어느 주민분이 집을 내어 주셔서
그곳에서 친구들을 기다렸어요. 그분께서 김이 모락모락
나는 라면을 한가득 끓여 주셨지만 어느 누구도 먹지
못했습니다. 모두 마른 얼굴로 텔레비전 화면만 볼
뿐이었습니다.

그러다 얼마 뒤 뉴스에서 '전원 구조'라는 자막과 함께
앵커의 목소리가 이어졌습니다. 학생들을 모두 구했다는
소식이었어요.

"전원 구조래! 다행이다."

"애들 다 무사한가 봐. 그치? 맞지?"

"그러게. 근데… 어떻게 다 구했지?"

"몰라. 난 그냥 빨리 애들이 보고 싶어."

우리의 얼굴에는 그제야 조금씩 안도감이 퍼졌습니다.[*]

♦ 2014년 4월 16일 오전 8시 49분경 진도 앞바다에서 세월호가
 침몰하기 시작했다. 이 배에는 수학여행을 떠난 단원고등학교 학생
 325명을 포함해 총 476명의 탑승객이 타고 있었다.
 오전 11시경 '전원 구조'라는 속보가 여러 방송을 통해 퍼져 나갔으나
 이는 오보였다. 그날 생존한 학생은 75명에 그쳤다.

돌아오지
          못한
    친구들

1분 1초의 시간이 무척 길고 더디게 갔습니다. 하지만
전원 구조라는 뉴스 속보와 달리 한참을 기다려도 섬에
새로 도착하는 아이들은 없었어요. 멀리 하늘을 계속
쳐다보았지만 더 이상 헬기는 오지 않았어요. 조금씩
불안한 마음이 섬에 있는 아이들에게 번졌습니다.

"배로 오나 보지."

"그래, 그럴 거야. 다 구했다고 했잖아."

얼마 안 있어 우리는 서거차도를 떠나 진도 실내체육관으로
이동하게 되었습니다. 관광객들이 섬을 이동할 때 쓰는
유람선을 타고 갔는데 탈 때는 정신이 없어서 미처

인식하지 못했지만, 유람선에 오르고 나서는 다들 또 배를
탄다는 사실에 모두 불안해했습니다. 서로 모여 떨고
있던 그때, 우리처럼 헬기를 타고 그 배를 빠져나왔던
아저씨들이 말했습니다.

"너희 친구들은 다 죽었을 거야."

만약 지금의 저라면 어떻게 그런 말을 할 수 있느냐고
화를 냈을 거예요. 하지만 그때는 아무 말도 할 수
없었습니다. 그저 '저 말은 다 헛소리일 거야. 그럴 리가
없어' 하고 머릿속으로 되뇌고 있을 뿐이었어요.

⁎

잠시 후 우리는 임시 거처인 실내체육관에 도착했습니다.
사람들이 담요와 생수 같은 물품들을 나누어 주었어요.
난생처음 재난구호 물품이란 걸 받았습니다. 간혹 홍수나
산불 피해 같은 일이 벌어지면 이재민을 이렇게 커다란

체육관에 모아 놓는 걸 뉴스에서 본 적은 있었습니다. 그래서인지 뭔가 크게 잘못된 꿈을 꾸는 것 같았어요. 어제만 해도 다 함께 마냥 들떠 있었는데 하루아침에 이런 상황에 놓였다는 것이 실감 나지 않았습니다. 그렇게 우리는 재난구호 물품을 받아 들고 한자리에 모여 앉아 있었습니다. 무사히 빠져나온 친구들이 더 오지 않을까 싶어 체육관 문만을 쳐다보면서요. 배에 두고 나온 친구들을 생각하면 생각할수록 초조해져만 갔습니다. 그때 어떤 아저씨가 단상에 올라 이렇게 외쳤습니다.

"여러분, 지금 아이들을 실은 버스가 몇 대 오고 있다고 합니다. 조금만 기다리세요!"

여기저기서 탄식이 새어 나왔습니다.

"지금 오고 있대."
"다행이다…."

하지만 한 시간이 지나고 두 시간이 지나도 결국 버스는
오지 않았습니다. 앞에서 언성을 높이며 싸우는 어른들,
떼로 몰려와 우리의 모습을 찍어 대는 기자들 속에서
우리는 친구들이 돌아오길 하염없이 기다렸습니다.

＊

얼마나 더 기다렸을까. 엄마가 도착했습니다. 엄마는
이동하면서 계속 심각한 상황을 전해 들은 듯했어요.
다급하게 저를 끌어안고 몇 번이고 무사한지 확인했어요.

"이제 괜찮아, 괜찮아."

하지만 그것도 잠시, 원래대로 친구들과 있던 자리로
돌아가야 했습니다. 우리 모녀가 부둥켜안고 있는 모습을
찍으려고 기자들이 득달같이 카메라를 들이댔거든요.
또다시 우리는 기다렸어요. 하지만 버스를 타고 오고
있다던 친구들은 끝끝내 오지 않았어요. 그리고 그사이

'생존학생'이었던 우리는 안산의 한 병원으로 가기로 결정되었습니다. 저와 제 친구는 엄마와 함께 차를 타고 안산으로 향했어요.

차를 타고 가는 도중 온몸에 열이 나기 시작했습니다. 눈앞이 아득해지면서 정신을 놓을 것 같았어요. 지금 생각해 보면 정신적 충격으로 그랬던 것 같습니다.

병원에 도착해 보니 기자와 시민이 몰려드는 걸 막기 위해 입구 곳곳에 바리케이드가 쳐져 있었습니다. 우리는 곧 병실을 배정받았고 잠에 빠져들었어요.

기나긴 하루 끝에 몰려온, 깊고 무거운 잠이었습니다. 분명 그날 아침까지만 해도 우리를 둘러싼 모든 것에는 설렘이 가득 차 있었는데 갑자기 닥친 사고가 저와 친구들을 전혀 다른 세계 속으로 갈라놓았어요. 저는 그날 그 배에서 살아 나왔지만, 같이 배에 올랐던 다른 친구들은 결국, 앞으로 영영 인사를 나누지 못하게 되었습니다.

함께 아침밥을 먹었던 친구들도, 어젯밤 같이 춤을 추었던 친구들도. 며칠을 기다려도 살아 돌아오지 못했어요.

저는 그날 그 배에서 살아 나왔지만,
같이 배에 올랐던 다른 친구들은 결국,
앞으로 영영 인사를 나누지 못하게
되었습니다.

단절

병원 생활이 시작되었습니다. 그때까지만 해도 저는
우리에게 벌어진 일이 실감 나지 않았어요. 오히려
다들 곧 볼 수 있을 거라는 막연한 기대가 있었어요.
그래서 그리 슬퍼하지도 않았던 것 같습니다. 주변의
어른들이 텔레비전을 보지 못하게 막았고, 배에서
탈출할 때 휴대폰을 잃어버린 터라, 바깥세상이 어떻게
돌아가는지도 몰랐습니다. 그러니 세상 사람들이
우리를 두고 무슨 이야기를 하고 있는지, 그 사고가
어떻게, 왜 벌어진 것인지 그때는 알기 어려웠어요.
며칠 동안은 병실에서 꼼짝하지 않았어요. 나가는 게
허용되는 상황도 아니었고요. 그러다 엄마가 병원 밖에서
일을 볼 때 저와 연락하기 위해 새로 휴대폰을 사다

주었습니다. 열어 보니 중학교 동창인 친구들에게서 온
부재중 전화와 문자가 쌓여 있었어요. 친구들에게 뒤늦은
답장을 하면서 그때야 비로소 저에게 벌어진 일들이
현실로 다가오기 시작했습니다. 답장을 받고 병원에
찾아온 친구들은 저를 보고 정말 다행이라며 그 자리에서
눈물을 쏟았어요.

⁕

차츰 많은 사람이 우리를 보러 병원에 찾아왔습니다.
병원에서는 손님 사이에 섞여 숨어든 기자들을 찾아내기
위해 애를 먹는 듯 보였습니다. 기자들은 아직 정신적
충격이 가시지 않은 우리에게 서슴없이 질문하고 몰래
사진까지 찍으려 했어요. 한번은 방문객으로 위장한
기자가 제 친구의 병실에 찾아든 적도 있었고요. 그뿐
아니라 어디서 어떻게 알아냈는지, 우리들의 전화번호로
연락을 해오기도 했습니다. 가족과 주변 사람들은 그런
기자들을 피해 다녀야 했고요. 그래도 입원 중이었던

우리는 밖으로 나가는 게 금지되어 있었기 때문에 바로
눈앞에서 기자들과 마주치는 일은 거의 없었어요. 그때는
병원에 갇혀 있는 것 같아 답답했지만 돌이켜 보면 그
편이 나았을 거라 생각해요.

＊

그때 바다에서는 매일 밤낮 없이 수색 작업이
펼쳐졌습니다. 여러 잠수부의 도움으로 하루하루
친구들이 발견되기 시작했습니다. 희생된 사람 대다수가
단원고등학교 학생, 선생님이었고 이들이 거의 안산
사람인지라 장례식도 보통 안산에서 많이 했는데, 병원에
입원해 있던 우리는 친구와 선생님의 장례식장에 가는 게
금지되어 있었습니다. 우리가 하나둘 장례식에 가는 게
알려지면 기자들이 몰릴 수 있고 그럼 유가족이 조용히
장례식을 치르기 어려울 수 있기 때문이었어요. 상황은
이해하지만 친구들에게 마지막 인사를 할 수 없다는
현실은 가슴 아프고 견디기 힘들었습니다.

저는 어떻게든 한 친구의 장례식만큼은 꼭 가고
싶었습니다. 그 친구와는 고등학교 1학년 때부터 친했어요.

"난 변호사가 될 거야."

어느 날 갑자기 변호사가 될 거라고 선언한 그 친구는
그 후로 정말 열심히 공부를 하기 시작했어요. 분명한
목표를 세우고 달려가는 그 모습이 저는 멋있다고
생각했어요.
그날, 그 배 안에서 저는 그 친구를 애타게 찾았어요.
심하게 기울어진 복도에 나왔을 때에도 그 친구를
보았는지, 혹시 어디 있는지 아는지 주변 사람들에게
물었지만 아무도 몰랐어요. 그래서인지 그 친구는 수색
과정에서도 정말 늦게 발견되었습니다.
그 친구를 볼 수 있는 마지막이라는 생각에 더더욱
장례식장에 가고 싶었어요. 그래서 중학교 동창들에게
문자로 도움을 요청했어요.

[얘들아, 나 좀 도와줘. 내 친구 장례식장에 가고 싶어.]

[내가 옷 가져갈게. 병원 지하에서 갈아입고 몰래 가자.]

[맞아. 아무도 모를 거야.]

점심을 먹고 각자 병실에서 쉬는 시간을 틈타, 저는 몰래 병실을 빠져나와 병원 지하로 내려갔어요. 저를 도와주러 온 친구들을 만나 화장실에서 환자복을 벗고 친구가 가져온 옷으로 갈아입었지요. 우리는 조용히 택시를 타고 장례식장으로 향했습니다.

장례식장 안은 무척 암울했어요. 제가 누구인지 밝힐 수 없었지만 몇몇 사람은 저의 상태를 보고 단원고등학교 학생이란 걸 바로 눈치챈 듯했습니다. 영정 사진 속에 제가 아는 그 친구의 모습이 있었습니다. 그 앞에 국화를 올렸어요. 그렇지만 정신이 없어서 친구의 부모님께는 미처 인사를 드리지 못했어요. 잠시 앉아 있는데도 사람들의 시선이 집중되어 더는 머물 수가 없었습니다. 그 후로 그 친구의 부모님을 다시는 뵙지 못했어요. 그때 그곳에서 "저는 ○○의 친구예요"라고 부모님께

인사하지 못한 것이 아직도 마음에 걸립니다.

＊

그 후 병원에서 약간의 치료를 더 받다가 우리는
모두 안산에 있는 중소기업 연수원으로 지내는 곳을
옮겼습니다. 연수원에서의 생활은 단순했어요. 아침에
일어나 밥을 먹고 임시 교실에 가서 미술 치료를 받거나
휴식 시간을 보냈어요. 다들 혼자 있으면 심적으로 더 안
좋았기 때문에 항상 함께 모여 있었어요. 모여 있으면
안심이 되었고 더러 웃기도 했어요. 마치 아무 일도
없었던 것처럼, 우리는 그렇게 지내려고 했습니다.
세월호 참사 이후로 얼마 동안은 정말 아무렇지 않았어요.
우리에게 벌어진 사고를 인정할 수 없어 회피했던 건지도
모르죠. 잠시 나쁜 꿈을 꾼 거라고, 친구 몇몇 하고만
잠시 이곳에 놀러 온 거라고, 그렇게 생각하고 싶었던 것
같기도 해요. 우리가 그런 상태라는 걸 알았기 때문인지
어른들은 우리가 바깥소식을 모르는 게 좋을 거라 생각한

듯합니다. 우리는 텔레비전을 일절 보지 못했으니까요.
휴대폰으로 뉴스를 검색해 보지도 말라고 했어요. 그렇게
우리는 외부와 단절된 채로 몇 주를 보냈습니다.
세상과 단절된 채 지냈기에 나중에야 알게 되었습니다.
그 큰 배가 갑자기 기울어져 결국 가라앉은 원인을
두고 갖가지 추측과 무서운 가설이 떠돌고 있었다는
것을요. 사람들은 왜 그렇게 많은 희생자가 나왔는지
믿기 어려워했습니다. 또 왜 이런 일이 벌어졌나, 무엇이
잘못되었나, 누가 책임져야 하는가 하는 문제를 두고
서로 비난했으며, 책임을 떠넘기고 회피하고 있었습니다.
또 도저히 납득할 수 없는 일, 씻을 수 없는 상처를 주는
말도 넘쳤습니다.
한편으로는 실종된 아이들을 찾기 위해 모든 일을 제치고
나선 분도 많았습니다. 돌아오지 못한 아이들을 위해
기도하는 사람도 많았고요. 사고가 있었던 바다 앞에,
또 서울의 광장 한복판에 수많은 국민이 모였습니다.
온 나라에 노란색 리본을 단 추모의 물결이 오랫동안
흩날렸습니다.

바뀐 일상

얼마 지나지 않아 우리는 학교로 돌아왔습니다. 정확히
2014년 6월 25일. 그 날짜를 잊지 못합니다. 제주도로
수학여행을 갔다가 서거차도로, 진도 실내체육관으로,
안산의 병원으로, 다시 연수원으로, 그리고 드디어
학교로. 원래 3박 4일이었던 수학여행이 두 달 하고도
열흘 넘게 걸린 거죠.

학교 주변은 여전히 붐볐습니다. 사고 후 첫 등교하는
우리를 찍으러 온 기자들도 있었고, 구경 온 시민들도
있었는데 우리는 마치 울타리 안에 있는 원숭이가 된
것 같았어요. 학교 안은 전과 많이 달라져 있었어요.
이전에 쓰던 교실은 추모객이 많이 다녀가 쓰지 못하게
되었습니다. 교실에는 추모객이 두고 간 꽃과 리본, 사진,

메모가 가득했고, 또 무엇보다 친구들의 손길이 남은 물건이 그 자리에 그대로 있었어요. 그 교실을 치우고 사용했다면 친구들의 빈자리에 우리는 더욱 힘들었겠죠. 그래서 새로운 교실에서, 돌아오지 못한 선생님들[*] 대신 새로운 선생님들과 함께 학교생활을 시작하게 된 것 같아요.

학교 수업을 다시 듣게 되었지만 사실 누구도 집중하지 못했습니다. 이상하리만치 잠을 자는 친구가 있는 반면, 어떻게든 공부를 해보려고 지나치게 애쓰는 친구도 있었습니다. 저는 평소와 같이 행동하는 듯했지만 사실은 어디에도 집중하지 못하고 산만했습니다. 마치 주의를 다른 데로 돌려야만 하는 사람처럼 끊임없이 다른 생각을 했던 거 같아요. 어쩌면 당연히 그 자리에 있어야만 했던 친구들의 부재를 느끼고 싶지 않아 그랬는지도 몰라요. 그리고 저에게 일어난 일들을 인정하고 싶지 않았던 것

---

[*] 세월호에 탑승한 단원고등학교 선생님은 14명으로 참사로 12명이 희생되셨다.

같기도 해요. 하지만 그런 와중에도 시간은 흘러갔고
우리는 일상을 되찾아야만 했어요.

그렇게 조금 시간이 지나자 각자 일상을 되찾아 가는
여정 속에서 몇몇 친구는 '이제는 없는' 친구들을 추억할
뭔가를 만들기 시작했어요. 그중 하나가 명찰이었어요.
단원고등학교는 학년별로 다른 색의 명찰을 차야 했어요.
2학년인 우리는 마침 노란색 명찰이었는데, 어디선가
친구들의 명찰을 만들어 준다는 소식을 듣고 다들 친했던
친구의 이름을 적어 냈어요. 저도 유독 친했던 친구
몇 명의 이름을 적어서 냈고, 곧 그 친구들의 이름이
선명하게 적힌 노란 명찰을 받았습니다. 그 명찰들은
여전히 제 방 서랍 속에 있어요.

명찰 말고도 다들 여러 아이디어를 내어 자신만의 추억
모으기에 열중했습니다. 저도 그랬어요. 1학년 때 친구가
메리 크리스마스라고 예쁘게 적어서 오려 주었던 문구,
사고가 나기 전 담임 선생님이 나눠 주셨던 가정통신문,
친구와 SNS에서 나눴던 대화를 캡쳐해서 간직했어요.
모두를 잊지 않으려고요. 그래서인지 몰라도 전 아직

떠나간 제 친구들의 얼굴을 모두 기억하고 있어요.
친구들은 지금 어디에서 무엇을 하고 있을까요. 저는
사후 세계를 믿는 편은 아니지만 친구들이 더 좋은
세상에서 태어나 행복하게 살고 있었으면 좋겠어요.

*

우리 동네에서는 거리가 먼 단원고등학교에 다니는
학생이 정말 드물었습니다. 그렇기 때문에 꽤 눈에 띄는
색깔이었던 단원고등학교 교복을 입고 동네를 다니는
게 무척 불편했어요. '사람들이 쳐다보겠지' '누가 날
알아보면 어떡하지' '기자들이 쫓아오지 않을까' 하는
마음에 교복 대신 체육복을 입고 다닐 때도 있었습니다.
집에서 학교로 가는 버스도 하나밖에 없었어요.
그래서 아침에 늦게 일어나거나 버스를 놓쳤을 땐
어쩔 수 없이 택시를 타야 했습니다. 그럴 때가 참
곤욕스러웠습니다. 목적지를 대려면 학교 이름을 말해야
하는데 그 상황이 정말 불편했어요. "아, 그럼 니가 그

세월호 탄 애니?"라고 묻는 경우도 있었고, "단원고?
몇 학년인데?"라는 질문을 받기도 했습니다. 그때마다
뭐라고 답해야 할지, 어디까지 말해야 할지 숨이
막히는 기분이었어요. 그래서 그 후로는 학교 이름을
말하지 않게 되었어요. 그 대신에 학교와 가까이 있던
안산올림픽기념관으로 가달라고 했지요.
그러던 어느 날, 눈앞에서 버스를 놓쳐 결국 택시를
잡아타게 되었습니다. 여느 때처럼 "아저씨,
안산올림픽기념관으로 가주세요"라고 했어요. 얼마 후
목적지에 도착해서 요금을 내려고 하는데 기사 아저씨가
저를 말리며 말씀하셨습니다.

    "그냥 가."

당황해서 아저씨를 바라보자 다시 말씀하셨습니다.

    "단원고 학생이지? 내가 택시기사라 너희들에게 해줄 수
    있는 게 이렇게 태워 주는 것밖에 없어서 그래. 힘내고

학교 잘 다녀라."

그러고는 아저씨는 금방 그 자리를 떠났습니다. 그런
경우는 처음이었어요. 우리를 도우려 하는 사람들이
있다는 건 알고 있었지만 당시 우리가 직접 접할 수 있는
사람은 학교로 찾아오는 몇몇 상담 선생님과 치료사
선생님밖에 없었거든요. 그래서 신기하게 느껴졌어요.

'우리에게 호의를 가진 사람들이 이렇게 가까이 있구나.'

그날의 일은 아직도 기억에 선명히 남아 있습니다.
따뜻한 마음 나누어 주신 아저씨, 정말 감사합니다.

우연히 만난 택시 기사 아저씨 말고도 가까이에서
우리를 도와주시는 분들이 있었습니다. 참사 이후
학교는 이전과 달랐는데, 그중 하나가 맨 위층에

우리만을 위한 상담실이 세워졌다는 거예요. 이미
지하에 위클래스(학교생활에 적응하기 어려워하는 학생을 돕기
위해 여러 프로그램을 지원하는 제도)가 있었지만, 그곳은
세월호 참사의 여파로 힘들어하는 다른 학년 학생도
많이 이용하게 되었기 때문에 별도의 공간을 새로 만든
거였어요. 상담실에 스쿨닥터 김은지 선생님이 자리를
잡으시고 곧 다른 선생님들도 초빙되어 오셨어요.
처음에는 상담실에 가는 걸 꺼렸어요. 그런데 차츰 그곳
선생님들과 진지한 대화를 나누면서 자주 가게 되었어요.
검사도 받고 영상도 보고, 때로는 여러 명이 모여 집단
상담을 받기도 했습니다. 또 때로는 장난도 치고 놀면서
그곳에서 많은 시간을 보냈던 것 같습니다. 사실, 그때
당시의 기억이 이상하게도 지금 많이 흐릿합니다. 힘든
때였기 때문에 부러 잊은 거일 수도 있겠죠. 하지만
그런 희미한 기억 속에서도 상담실에서의 추억은 장면
장면으로 남아 있습니다.

몇 개월 뒤에 우리는 고등학교 3학년이 되었습니다. 이제 본격적으로 대학 입시를 준비해야 했지만 저의 상태는 점점 나빠질 뿐 더 좋아지지 않았습니다. 예전만큼 나오지 않는 성적에 답답함을 느꼈고, 인터넷 기사에 달린 악플들을 보며 크게 괴로움을 겪고 있었습니다. 그 당시 나라에선 '세월호 특별법'*을 만드는 일이 뜨거운 화두였습니다. 그리고 이 특별법의 세부사항을 놓고 이상한 유언비어들이 퍼졌습니다. 유가족과 생존자 가족이 터무니없는 보상안을 요구한다는 것이었어요. 이는 곧 논란이 되었고 유가족과 생존자 가족 모두 거친 비난의 대상이 되었습니다. 그 논란 중 하나가 대입 특례였습니다. 세월호 참사가 일어난 이후 학업에 매달리지 못했던 단원고등학교 학생들에게 대학교 입시 특례라는 혜택을 주겠다는 내용이었어요.

✦ 4·16 세월호 참사 피해구제 및 지원 등을 위한 특별법. 줄여서 세월호 특별법이라고도 한다.

하지만 우리 중 누구도 참사를 대가로 대입 특례를
요구한 적도, 생각해 본 적도 없었습니다. 참사 이후
저와 친구들은 모두 반쯤 넋이 나간 채 시간을 보냈고,
뭔가를 계산하거나 내 것을 챙기기에는 상처가 아물지
않았습니다. 우리가 그날 겪은 일들의 잔상을 떨쳐 내는
것, 순간순간 친구들의 부재를 느끼는 것, 일상으로
돌아오기 위해 애쓰는 것만으로도 하루가 길고
벅찼으니까요.

아무것도 모르고 있다가 갑자기 발표된 제도로 우리는
세상 사람들에게 온갖 비난을 받기 시작했습니다. 내가
모르는 수많은 사람이 나를 손가락질하고 욕하고 있다는
게 너무 무서웠어요. 그때 저는 연예인들이 왜 자꾸
기사나 SNS에 달린 악플을 읽으면서 괴로워하는지,
그러다 극단적인 선택까지 하고 마는지 조금은 이해하게
되었어요. 저 역시 보지 말아야지 하면서도 계속
우리 이야기가 실린 기사의 댓글을 찾고 또 찾아보게
되었으니까요. 우리에게 호의적인 사람은 없을까, 우리
입장에서 생각해 주는 사람은 없을까 하는 희망을 가지고

기사 댓글들을 샅샅이 읽어 보았어요. 하지만 제 눈에
들어온 건 비틀리고 날선 말들뿐이었습니다.
그때 그 댓글들은 아직도 제 마음에 깊이 박혀 있습니다.
그리고 그중에서도 가장 아픈 말이 있었습니다.

[이럴 줄 알았으면 나도 세월호 탈 걸 ㅋㅋㅋ]

어떻게 이런 말을 할 수 있을까요. 세월호 참사
이후 저는 상실을 경험해 보지 못한 사람들이 너무
부러웠습니다. 그 일이 없던 일이 될 수만 있다면 모든 걸
내놓아도 좋다고, 그러니 다시 내 친구들을 돌려 달라고
매일 빌었습니다. 그런 저에게 악플은 너무 마음이
아팠습니다.
시간이 지나 비난 여론은 전보다 잠잠해졌습니다. 그러나
저는 조금씩 마음이 죽어 가는 걸 느꼈습니다.

1학년 때 친구가 메리 크리스마스라고
예쁘게 적어서 오려 주었던 문구,
사고가 나기 전 담임 선생님이 나눠 주셨던
가정통신문, 친구와 SNS에서 나눴던
대화를 캡쳐해서 간직했어요.
모두를 잊지 않으려고요.

자해

그 무렵 저는 제가 정말 답답했습니다. 그전의 저였다면
무리 없이 할 수 있었던 일들을 마치 고장이 난 사람처럼
제대로 하지 못하는 자신이 너무나도 싫었습니다. 그리고
스스로도 이해할 수 없을 만큼 끝도 없이 우울해지는
자신을 견디기 어려웠어요. 사람들은 흔히 시간이 지나면
괜찮아진다고, 어떤 상처도 때가 되면 아물기 마련이라고
말합니다. 하지만 그때 저는 나아질 기미가 보이지
않았어요.

답답한 마음에 저는 제 몸에 상처를 입히기 시작했습니다.
심각한 정도는 아니었지만 제 자신에게 상처를 주고 싶어
작은 칼로 팔을 긋고는 했어요. 계절상 슬슬 소매가 긴
옷을 입기 시작했기 때문에 가족에게도 들키지 않았고,

그렇게 끝없이 저를 상처 입혀 갔습니다.

하지만 한편으로는 그런 자신을 더욱 이해할 수

없었습니다.

'난 분명히 이 우울과 상처를 극복해 낼 수 있는 사람인데.'

뭔가 자존심 상하기도 했어요. 내가 나를 상처

입히면서까지 괴로워한다는 게 납득할 수 없었어요.

그래서 결국 스쿨닥터 선생님께 상처를 보여 드리고

도움을 요청하기에 이르렀습니다. 선생님은 저를

나무라지 않으셨어요. 오히려 더 세밀하게 상담을 받을

수 있도록 도와주셨습니다.

"선생님 저 자해를 했어요. 하지만 전 제가 이해가 가지

않아요. 왜 이렇게 힘든 걸까요? 다들 이제 괜찮을 거라고,

더는 슬퍼하지 말라고 하는데 그게 마음대로 되지 않아서

너무 답답해요."

"선생님한테 말해 줘서 고마워. 우리 함께 알아보자.

가영이의 마음이 왜 이렇게 아픈지."

그때 그렇게 상담을 받으면서 심리학에 관심을 갖게
되었어요. 나도 모르는 내 마음을 다른 사람이 들여다볼
수 있고, 왜 그런지 알아낼 수 있고, 또 치료까지 할 수
있다는 것이 신기하게 여겨졌습니다. 보기에는 단순한
테스트 같은 것들이 사람의 내면 상태를 진단해 내는
것도 놀라웠고요. 모처럼 무언가에 호기심을 느꼈습니다.
그리고 나를 연구해 보고 싶다는 생각에 점점 빠지게
되었죠.

'나 자신을 연구해 보고 싶다.'
'이런 나는 이 세상에 나뿐이야.'
'나를 가장 잘 아는 건 나야. 내가 나를 연구한다면 어떨까?'

이런 생각들이 꼬리에 꼬리를 물고 이어졌습니다. 결국
제 꿈은 도서관 사서에서, 사람의 마음을 들여다보는
심리학자로 바뀌었습니다.

도서관 사서는 책을 좋아하던 어린 시절부터 꿈꾸던 일이었어요. 하지만 참사 이후에 집중력이 떨어지면서 책을 잘 읽을 수 없게 되었습니다. 책 속에 파묻히기를 좋아했기에 무엇보다도 받아들이기 힘든 변화였습니다. 편하게 기대고 쉴 수 있는 곳을 잃은 듯한 기분이었어요. 그러던 와중에 심리학에 호기심이 생겼고, 그와 관련된 책들을 찾아 읽으려고 노력하면서 저의 상태는 조금씩 괜찮아지기 시작했습니다. 결국 진로를 바꾸게 된 그때의 선택을 지금도 후회하지 않아요.

심리학과에 진학하겠다고 결정하자 저를 잘 챙겨 주셨던 스쿨닥터 선생님께서 따로 친구들을 모아 심리학이 어떤 학문인지 강의해 주시기도 했어요. 같이 모여 대학 진학에 힘을 쏟기도 하고 자소서도 쓰면서, 그때만큼은 그때의 저답지 않게 많이 노력했던 것 같아요.

✳

그렇게 시간은 흘러갔고 우리에게 졸업이 다가왔습니다.

아직 돌아오지 못한 친구들은 여전히 고등학교 2학년 봄, 그때의 시간 속에 멈춰 있을 텐데, 우리는 나이를 먹어 이 학교를 떠나 성인이 되려 하고 있었습니다.

사실 '그날 나 역시 친구들과 바다에서 잠들었다면 어땠을까' 생각한 적이 있습니다. 물론 바보 같은 소리라는 것을 알지만, 멈춰진 시간 속에 친구들과 함께 영영 머무르고 싶다는 생각을 하고는 했습니다. 그럴 수 있다면 이런 괴로움은 느끼지 않을 테니까요. 하지만 죽음이라는 파도가 우리를 갈라놓았고 저는 뭍으로 멀리 밀려 나왔습니다. 그렇게 된 이상 일어나야만 했습니다. 삶의 마지막까지 최선을 다해 살아가겠다고, 저는 다짐하고 또 다짐했습니다.

졸업식 날은 예상했던 것처럼 붐볐습니다. 기자들과 전국에서 온 사람들로 다시금 학교는 소란했습니다. 그 속에서 우리는 우리를 붙잡아 두던, 영영 헤어질 수 없을 것만 같던 학창 시절과 이별했습니다.

아직 돌아오지 못한 친구들은
여전히 고등학교 2학년 봄,
그때의 시간 속에 멈춰 있을 텐데…

하지만 죽음이라는 파도가
우리를 갈라놓았고 저는 뭍으로 멀리
밀려 나왔습니다.

울타리

밖으로

흔히 대학에 들어가면 독립적인 삶과 캠퍼스의 낭만이
눈앞에 펼쳐질 거라 기대합니다. 저도 세월호 참사를
겪기 전에는 그런 막연한 기대를 했어요. 하지만 실제로
제가 경험한 대학 생활은 전혀 그렇지가 않았습니다.
대학생이 되면서 저의 마음은 전보다 병들어, 이제는
약이 꼭 필요했습니다. 도대체 왜 그런 건지 저조차
이해하기 어려웠습니다. 참사 이후 2년에 가까운 시간이
흘렀는데도 제자리를 맴도는 제 모습이 너무 답답했어요.
날이 갈수록 저의 상태는 안 좋아졌고 주체할 수 없는
무기력함과 약 기운에 항상 졸렸습니다. 그 때문에
현실에서 늘 붕 떠 있는 듯한 상태로 시간을 보냈어요.
그래서 이십 대 초반을 어떻게 보냈는지 지금도 잘

기억나지 않습니다.

그렇게 세상을 둥둥 떠다니다 대학교 2학년 여름 방학이
되었을 때 저는 결국 정신병원 폐쇄병동에 입원하고
말았습니다. 여러 이유가 있었지만 그때의 저는 살아가야
할 이유를 느끼지 못했고, 저를 둘러싼 모든 것이
무서웠습니다. 사람들은 보통 자신에게 큰 사고가 일어날
수 있다고 생각하며 살아가지 않겠죠. 버스를 타거나
지하철을 탈 때, 길을 걷거나 밥을 먹을 때, 자신에게
아무 일도 일어나지 않을 거라 믿기에 두려움 없이
평온한 일상을 살아갈 수 있을 거예요.

저는 그 누구도 쉽게 상상할 수 없는 무서운 일을
두 눈으로 직접 보고 겪었습니다. 그 때문에 언제든
내게 그러한 일이 다시 벌어질 수 있다고 생각하며,
두려움 속에 살게 되었습니다. 침대에 가만히 누워
있는 것도 힘들었습니다. 천장이 무너져 내려 저를
덮칠 것만 같았으니까요. 방문이 닫혀 있을 땐 잠들기
힘들었습니다. 주방에서 난 불을 알아차리지 못해 질식해
죽을 것만 같았거든요. 지하철을 탈 때는 사고가 날 것만

같아 항상 땀이 찰 정도로 손잡이를 꽉 쥐었습니다.
건물에 들어갈 땐 언제 무너지질 모른다는 생각에
비상구를 살피게 되었고요. 그렇게 저는 큰 불안 속에
꽁꽁 갇혀 버렸습니다.

그리고 그 불안의 끝에는 저만 있지 않았습니다.
가족을 잃을 수 있다는 생각, 또다시 소중한 사람을
잃을지도 모른다는 두려움이 언제나 함께 있었어요.
사실 저에게 학창 시절은 상실의 시기였어요. 세월호
참사가 있기 반년 전, 저의 아버지는 교통사고로
갑작스레 돌아가셨습니다. 저는 아버지와의 이별을
채 받아들이지 못하던 때 또다시 사고로 많은 친구를
한꺼번에 잃었습니다. 그래서 언제든 또 가까운 사람을
잃을지 모른다는 공포가 제 마음 깊은 곳에 생겨난 것
같았습니다. '어머니와 동생이 외출을 했다가 갑자기
사고가 나면?' 이런 생각으로 하루하루가 두려웠어요.
누군가를 또 잃으면 버티지 못할 거란 생각, 그럼 나도
그만 죽고 말 거라는 생각, 그렇게 되느니 차라리 내가
먼저 죽는 게 나을 거란 생각에 점점 빠져들었습니다.

하지만 한편으로는 죽고 싶지 않았어요. 그만 괴로워하고
싶어 모든 걸 포기하고 싶다는 나와 그래도 끝까지 이
세상을 바라보며 살아가야 한다고 말하는 나. 이 두
자아가 싸웠고 여러 고비를 넘겼습니다. 그 후 상태의
심각성을 알게 된 상담 선생님의 도움으로 정신병원
폐쇄병동에 입원하게 되었죠.

＊

출입이 제한되어 있었지만 병동에서의 생활은 생각보다
나쁘지 않았어요. 처음 며칠은 간호사 선생님이 그만
자라고 말릴 만큼 쭉 잠만 잤던 것 같습니다. 그 후론
병동에 비치된 만화책을 닳도록 읽었고, 그렇게 2주가
지났을 때는 개방병동으로 나올 수 있게 되었습니다.
새 학기가 시작될 무렵에 퇴원을 했는데 그땐 조금
불안감에서 벗어나 있었습니다. 하지만 여전히 우울함은
끈질기게 저를 따라다녔어요.
퇴원한 뒤 정해진 일상을 반복하며 제 나름대로

나아지려고 여러 방법을 찾았습니다. 마침
안산온마음센터 선생님께서 상담 비용을 지원하는
프로그램을 소개해 주셨고, 거기서 추천받은 곳으로
상담을 나가기 시작했습니다. 서울 여의도에 있는 '한국
트라우마 연구교육원'이었는데, 집에서 한 시간 반이
걸리는 거리였는데도 1~2주에 한 번씩 꼬박꼬박 나갈
정도로 저에게 도움이 많이 되었습니다.
그곳을 처음 찾아간 날 상담실에 들어가며 했던 말이
기억납니다.

"방이 기울어진 것 같아요."

나중에서야 안 거지만 그건 PTSD[✦] 증상이었습니다.

✦ PTSD는 '외상 후 스트레스 장애'라고 한다. 충격적인 사건을 겪은 후에
공포감과 고통을 느끼는 정신질환이다. 악몽을 꾸거나 환청을 겪을 수
있고, 긴장이 가시지 않아 예민한 상태가 이어질 수 있으며, 무기력한
상태에 빠져 일상생활에 어려움을 겪기도 한다. 충격적인 사건을 겪고
한 달 뒤, 심지어는 일 년 뒤에 증상이 시작될 수 있다.

실제로 그 방은 아무런 문제가 없었어요.

상담을 받으면서 그전까지 일상을 살아가며 불편하다고 여긴 점들이 '내가 이상해서' 그런 것이 아닌, 해리 장애[*] 때문이라는 걸 알게 되었습니다. 그때 불편했던 점들 중 하나는 현실과 저를 떼어 놓고 제3자의 눈으로 스스로를 보는 것이었습니다. 마치 다른 사람 대하듯 저를 생각했던 것이죠. 그래서 사람들에게서 "너는 왜 네 얘기를 다른 사람 말하듯이 하니?"라는 말을 종종 듣고는 했습니다. 그땐 그냥 '내가 기가 막히게 설명을 잘해서 그런가 보다' 했지요. 지금 생각해 보면 그게 오히려 제 감정을 느끼고 표현하는 데 방해가 되었던 것 같아요. 그리고 또 불편했던 점은 이상하게 다른 사람과 대화를 할 때마다 졸리지도 않은데 하품이 쏟아지는 것이었습니다. 그래서 오해를 많이 받았습니다.

[*] 해리 장애는 과거의 일을 기억하지 못하거나, 비현실적인 느낌을 받거나, 자아 정체성의 혼란을 느끼게 만든다. 큰 충격 또는 고통스러운 경험이 원인이 된다.

"피곤하니?" "재미없어?" 하고 묻는 사람들에게
해명하느라 애를 먹었어요. 알고 보니 게을러서 그런
것도, 사람이 싫어서 그런 것도 아니었어요.
원인을 알고 나니 뭔가 후련해졌어요. 그전까지는
스스로를 질책하기만 했으니까요. 그리고 다른 한편으론
이런 생각을 하게 되었습니다.

'내가 PTSD를 겪고 있다는 걸 몰랐다면, 계속 내가
이상해서 그런 거라고 스스로 원망하며 살았겠지?
지금이라도 알게 되어서 다행이다.
그런데 이런 증상을 겪는 사람이 나 말고도 많을 텐데,
그들은 자기가 왜 그런지 알고 있을까? 혹시 나처럼
자신을 탓하고 있지 않을까?'

제가 느끼기에 우리나라 사람들은 여전히 정신병원에
대해 부정적으로 생각하는 듯합니다. 다른 사람들의
시선을 의식해 병원에 가길 꺼리거나, 혹시 사회에서
불이익을 받을까 봐 숨기고 걱정하기도 합니다.

저의 경우 세월호 참사에 대해 모르는 사람이 제 주변에 없었기 때문에, 제가 병원에 입원하거나 약을 먹는 것을 두고 이상하게 보는 사람은 없었어요. 그렇지만 마냥 이해를 받는 것도 아니에요. 지금도 저는 이런 말을 가끔 듣습니다.

"벌써 몇 년이 지났는데, 이제 슬슬 약은 그만 먹는 게 어때?"

웬만하면 그런 약은 먹지 말고, 웬만하면 그런 치료에 기대지 말라는 뜻이겠죠. 그리고 그건 정신병원과 정신과 치료에 대한 부정적인 인식에서 비롯되는 것이고요. 저에게는 작은 목표가 생겼습니다. 이런 사람들의 인식을 당장 바꾸지는 못하더라도, 적어도 저처럼 힘든 사람들이 자신의 상태를 제대로 알고 스스로 탓하지 않도록 도와주고 싶다는 생각이 들었어요.

가 슴 속에 묻어왔던
고민, 걱정들 모두 버려

영 화같은 세상이
너를 기다리고 있잖아!

곧 작지만 소중한 기회가 생겼습니다. 스쿨닥터였던
김은지 선생님이 안산에 마음건강센터를 개원하게
되었고 거기서 인턴을 하게 되었어요. 김은지 선생님은
참사 생존자였던 우리와 힘든 시간을 함께 버텨 주신,
제가 가장 존경하는 분입니다. 선생님은 우리에게 더
많은 경험을 해볼 기회를 주고 싶다고 하셨습니다.
그래서 그곳에서 한 달이지만 많은 경험을 할 수
있었어요.

가장 기억에 남는 일은 씨랜드 참사[*] 이후 유족들이 지은
어린이안전 체험관에 방문해 이야기를 나눈 일입니다.
또한 과거 군사독재 시절 국가폭력에 피해를 입은 분들을
위한 단체 '진실의 힘'에도 방문해 이야기를 들을 수
있었습니다.

---

[*] 씨랜드 참사는 1999년 경기도 화성시에 있던 청소년수련원
씨랜드에서 불이 나 잠들어 있던 유치원생 아이들 19명을 포함해
총 23명이 목숨을 잃은 큰 사고다.

그분들과 이야기를 나누면서 인간에 대해, 그리고
트라우마에 대해 다시 생각하게 되었습니다. 인간은
상처를 받아 주저앉더라도 힘을 모아 다시 일어날 수
있는, 극복할 수 있는 존재라는 것을요.

그리고 우리가 세상을 변화시켜 나갈 수 있는 존재라는
것도 그때 깨달았습니다. 내가 겪은 일을 다른 사람이
또 겪지 않도록 막을 수 있는 힘이 우리에게 있다고요.
그러자 저도 무언가를 하고 싶어졌습니다. 누군가를 돕고
싶다, 나처럼 힘들어하는 사람이 더는 없었으면 좋겠다는
마음이 부풀어 오르는 것 같았어요. 그건 지난 몇 년간
그 어떤 것에도 열정을 갖지 못한 채 살아가던 저에게
처음으로 생긴 목표였습니다.

상처 입은

치유자

한 달 동안 마음건강센터에서 인턴을 하면서 저는 저와
비슷한 생각을 가진 친구들을 만났습니다. 그곳에서
만났다고 표현하기가 좀 우스운 게, 우리는 단원고등학교
동창이었어요. 하지만 그전까지는 반이 달라 서로를 잘
몰랐습니다. 누구나 그렇듯 전교생을 다 알고 친하게
지낼 수 있는 건 아니었으니까요.

하지만 우리는 모두 그날의 생존자들이었습니다. 저는
헬기를 타고 나왔고, ○○과 □□은 인근 주민들의
어선을 타고 나왔습니다. 우리가 그곳을 빠져나온 과정은
서로 조금씩 달랐고, 집안 환경도 성격도 모두 달랐지만,
다른 누구와도 나눌 수 없는 똑같은 상실감을 느끼고
있었습니다. 그래서 우리는 거리낌 없이 가까워졌어요.

그렇게 인턴을 함께하면서 우리는 처음으로 속 깊은 대화를 나누게 되었어요. 그리고 우리가 저마다 마음속에 품은 목표가 비슷하다는 걸 알게 되었습니다.

"세상천지에 우리만 이렇게 힘든 게 아닐 거야."
"아무것도 안 하고 시간이 흘러 나아지길 바라는 건 싫어."
"우리도 뭔가를 해보자!"

우리는 모두 상처를 받고 그로 인해 정체되어 있었지만 어떻게든 앞으로 나아가고 싶었고, 또 우리 같은 사람들에게 도움을 주고 싶었어요. 그래서 많은 논의 끝에 '운디드 힐러(Wounded Healer)'라는 비영리 단체를 창립하게 되었습니다. 운디드 힐러는 '상처 입은 치유자'라는 뜻이에요. 이 단체에서 우리는 각자가 지닌 상처를 도구로 삼아 자신의 상처뿐만 아니라 다른 사람의 상처까지 돌보아 주고자 했습니다.

우리는 첫 프로그램으로 무엇을 할지 고민하다가
아이들에게 트라우마＊란 무엇인지 알려 주는 아동
인형극을 만들기로 했습니다. 빅 트라우마와 스몰
트라우마 중 무엇을 주제로 할까 고민도 하고, 아이들이
인형극을 보다가 힘든 감정을 느낄 때 피할 수 있는
안전지대를 무엇으로 삼을지도 고민해 보았습니다.
그러다 가정에서 일어나는 스몰 트라우마, 그러니까
일상 속에서 아이들의 마음을 다치게 하는 일들을
주제로 하게 되었어요. 우리는 직접 인형극 대본을 써서
마음건강센터 선생님들께 검수를 받고, 귀여운 인형들을
사서 연습했어요.

"헉! 얘들아 어떡해…"

"무슨 일이야?"

＊ 트라우마란 인간의 정신에 계속 영향을 끼치는 감정적 충격을 말한다.
두 종류가 있는데 커다란 재난에 의한 것을 '빅 트라우마'라고 하고,
일상생활에서 자주 일어나는 것을 '스몰 트라우마'라고 한다.

"인형이 너무 커서 손가락을 움직일 수가 없어!"

욕심껏 너무 큰 인형을 사는 바람에 손가락에
나무젓가락을 붙여서 길이를 늘렸고 그러다 손에 쥐가 날
뻔했던 거예요. 물론 늘 이렇게 재미있는 상황만 있었던
건 아니었죠. 괜히 잔소리를 한다고 티격태격하기도
하고, 서로의 어설픈 연기를 보면서 웃음을 참지 못해
연습이 잘 이어지지 않기도 했습니다. 우여곡절 끝에
대본을 완성한 뒤에는 마지막으로 센터 선생님들 앞에서
시연을 했습니다. 자주 보던 선생님들 앞인데도 어찌나
떨리던지, 덜덜 떨리는 목소리로 인형극에 대한 설명까지
겨우 마칠 수 있었습니다. 우리는 제대로 된 프로그램
하나를 만들려면 아주 많은 노력이 필요하다는 걸 이
활동을 하면서 알게 되었어요.

"우리 나중에 운디드 힐러가 좀더 커지면 정말 제대로
된 인형극을 만들어 보자! 영상 편집도 하고 유튜브에도
올리고!"

"맞아! 의외로 많은 사람이 관심을 보일지 누가 알아?"

우리는 함께 이야기하며 운디드 힐러가 점점 더 커질
미래를 상상했어요. 꼭 해낼 수 있을 거라고 서로 희망을
나누었죠.

2018년 운디드 힐러를 처음 만들 때 우리는
4명이었어요. 그러다 중간에 한 친구가 바빠서 활동을
그만두게 되었고 저도 잠시 활동을 쉴 때가 있었어요.
그사이 새로운 사람들이 들어왔다가 나갔고, 2023년
현재는 세월호 생존자들뿐만 아니라 트라우마에 관심을
갖고 있는 사람들, 또 크든 작든 자신만의 트라우마를
가지고 있는 사람들도 우리의 일원으로 활동하고 있어요.
그리고 이제는 우리가 조심스럽게 다가가서 다른
사람들의 트라우마를 치유해 보자는 목적을 갖고 있어요.
그 첫 번째 목표가 트라우마 인식에 취약한 아동을 돕는
것이었고요.

처음 운디드 힐러 활동을 하면서 한 가지 곰곰이
생각하게 된 것이 있어요. 누군가를 치유하기 위해서는

무엇보다 자신의 마음부터 치료해야 한다는 점이에요.
사실 운디드 힐러 활동을 하면서도 저는 변함없이
우울하고 내내 힘들었어요. 언젠가 이런 이야기를 들은
적이 있습니다. "우울증이 있는 사람이 오히려 겉으로
보기엔 밝고 아무 문제없는 듯 지낸다"고 말이에요.
저의 상황이 딱 그랬습니다. 상담 선생님 말고는 저의
문드러진 속마음을 알지 못했어요. 그래서 제 마음의
문제들을 처음으로 직면해 보기로 마음먹었습니다.
'상처 입은 치유자'인 운디드 힐러가 되기 위해서는
마주하기 괴롭더라도 저부터 그 상처를 보듬어야만
했으니까요.

WOUNDED HEALER

ⓒ 이인서

불안

그 당시 저에게 고통을 주는 것은 여러 가지가 있었지만 그중 가장 큰 것은 두 가지였어요.

첫째는 불안이었습니다. 그 불안은 세월호 참사를 겪은 뒤에 가장 극심했고 이후에도 약해질 뿐 사라지지 않았어요. 언제든 뜻밖의 사고로 죽을 수 있다는 두려움이 마음 깊은 곳에 자리했습니다. 마치 그림자처럼 제 등 뒤에 바짝 서 있는, 쉽게 떨쳐 낼 수 없는 두려움 같았어요. 그래서 이런 말을 꽤 자주 했어요.

"다이어트? 내일 내가 갑자기 죽어 버리면? 오늘 안 먹은 게 너무 아깝잖아."

우스갯소리로 한 말이지만 완전히 농담은 아니었어요.
지금도 저는 언제든 죽을 수 있다고 생각하며, 항상
최악의 경우를 떠올리며 살고 있습니다.

이십 대 초반에는 이런 생각에 너무나도 강렬히 사로잡혀
있었습니다. 그래서 무언가에 열정을 갖거나 열의를
품기가 힘들었어요. '어차피 죽으면 모든 게 끝인데
노력해 봤자 뭐하나' 싶었고, '왠지 나는 오래 살지 못할
거 같아' 하는 불안이 항상 제 곁을 맴돌았습니다. 어쩌면
그런 생각들 때문에 저도 모르게 누군가에게 민폐를
끼쳤는지도 모릅니다. 시간이 지나 적어도 남에게 폐는
끼치지 말고 살자는 다짐을 했지만, 그럼에도 뚜렷한
인생의 목표 없이 시간을 흘려보냈습니다. 그러자
제 자신에 대해선 자포자기하는 심정이 되고 저보다
가족들을 향한 불안이 더더욱 커지게 되었어요.

그 예로 가족 중 누군가 외출을 할 때마다 '이게 마지막
순간이면 어떡하지' 하는 생각이 들었어요. 어쩌다 며칠
떨어져 있게 될 때는 그게 더 심해져 걱정에 밤잠을
이루지 못할 정도가 되었습니다. 하지만 그렇다고 해서

가족들을 옴짝달싹 못 하게 붙잡아 둘 수는 없는 터라
속으로만 앓았어요.

그리고 이런 불안은 저만 안고 있는 게 아니었습니다.
엄마는 저를 잃을 뻔한 이후로 언제나 물가에 내놓은
아이처럼 저를 걱정하기 시작했습니다. 스무 살이 넘은
저에게 그런 과한 걱정은 마치 족쇄 같았고 가족으로부터
도망치고 싶다는 생각도 하게 했습니다. 하지만 한편으로
이해할 수밖에 없었어요. 저도 그랬으니까요.

참사 이후 주위 어른들에게 자주 들은 말이 있습니다.

> "네가 살아 돌아와서 정말 다행이야. 만약 너희 엄마가
> 너까지 잃었으면 어찌 견뎠겠니. 죽고 말았을 거야."

이 말은 지금까지 모든 걸 포기하고 싶어지는 순간이
올 때마다 저를 멈추게 하는 브레이크가 되었습니다.
아빠를 잃고 이어서 친구들을 잃었을 때 제가 느낀
것들을 엄마는 절대 느끼지 않도록 해야 한다고, 항상
다짐했어요. 때로 섭섭하고 미울 때도 있지만 내가 가장

사랑하는 사람은 엄마이고, 엄마 또한 나를 이 세상에서 가장 사랑해 주는 사람이니까요.

둘째로 저를 가장 괴롭게 하는 건 능력 저하였습니다. 뭐든 예전 같지 않았어요. 참사가 있기 전까지만 해도 한번 책을 읽기 시작하면 하루에 10권 넘게 읽을 수 있었고, 공부도 평균 이상으로 잘해 냈어요. 그러나 참사를 겪은 뒤 우울증을 심하게 앓게 되면서 제가 곧잘 할 수 있던 일들을 하지 못하게 되었어요. 거기에다가 주의도 산만해져서 한 가지 일에 오롯이 집중할 수 없었어요.

그리고 건강상의 문제들도 생겼습니다. 심한 우울증으로 약을 먹기 시작하고 활동량도 줄어들면서 체중이 급격하게 늘어 체력도 떨어졌습니다. 거기에 불면증까지 저를 괴롭혔어요. 우울증이 심했을 땐 그 상황을 벗어나는 데에만 집중했기 때문에 그런 몸의 변화들을 잘 느끼지 못했어요. 조금 정신을 차리고 나서야 달라진 저의 모습을 보고 실망도, 자책도 많이 했습니다.

가족 중 누군가 외출을 할 때마다
'이게 마지막 순간이면 어떡하지'
하는 생각이 들었어요.

지금도 저는 언제든 죽을 수 있다고
생각하며, 항상 최악의 경우를 떠올리며
살고 있습니다.

여러모로 달라진 저를 보며 주변 사람들은 물론 가족들까지 우려 섞인 말과 실망 어린 눈빛을 보냈습니다. 참사를 겪고 나서 저는 이전과는 완전히 다른 사람이 되었어요. 가족들은 제가 이렇게 말하면 절대 아니라고 하겠지만 제 딴엔 스스로 어디 가서 당당하게 내놓지 못할 가족이 된 것 같아요. 우울하고 성격도 이상하고 오락가락한, 볼품없는 모습으로 변해버린 제 모습이 저조차도 마음에 들지 않는데 가족들은 어떨까요. 제가 이런 일만 겪지 않았어도 우리 집은 좀더 밝고 화목한 가정이 되었을지도 몰라요. 이러한 생각들을 가족들에게 다 털어놓을까 고민한 적도 있습니다. 하지만 온전히 이해받지 못할 거란 생각, 상처받고 싶지 않다는 마음이 앞섰어요. 괜히 집안 분위기를 망치고 싶지도 않았고요.

이런 문제들이 쌓이고 쌓이자 저는 그 자리에 주저앉게 되었습니다.

'지금 가지고 있는 문제만으로도 이렇게 힘든데

앞으로의 삶은 얼마나 더 고통스러울까?

'나는 미래가 두려워. 나아가고 싶지 않아.'

그때의 저는 한동안 어둠 속을 헤맸던 것 같아요. 그래도 계속 그렇게 주저앉아 있을 수는 없었습니다. '나는 결국 극복할 수 있는 사람'이라고, '내 삶의 마지막까지 최선을 다해 살아가겠다'고, '사랑하는 가족에게 내가 느낀 아픔을 느끼지 않게 하겠다'고 결심했었으니까요. 그렇게 여러 고민과 투쟁을 한 끝에 스스로에게 파격적인 처방을 내리게 되었습니다. 나를 아무도 모르는 세상에 던져 놓기로!

소중한
인연들

뉴질랜드로 워킹 홀리데이를 떠나기로 결심한 건 반쯤은
충동적인 선택이었습니다. 물론 엄마는 반대를 심하게
하셨어요. 눈앞에 있어도 항상 걱정이 되는 딸이 1년이나
바다 건너 멀리 떠난다니. 하지만 제 고집도 만만치
않아서 엄마를 설득하기 위해 프레젠테이션 자료까지
만들었어요. 결국 엄마는 저의 결심을 존중해 주셨죠.
뉴질랜드에서의 생활은 새로움의 연속이었습니다. 낯선
나라의 낯선 마을에서 저에게 맞는 집을 찾아다녀야
하고, 그 과정에서 여러 사람과 서툰 영어로 직접 의견을
조율해야 한다는 게 일단 첫 번째 도전이었어요. 집을
구할 때까지는 백패커(여행자를 위한 저렴한 숙소)에
머무르면서 낯선 이들과의 불편한 동거를 참아야

했고요. 다행히 오래지 않아 여러 곳을 방문한 끝에 좋은 집주인을 만나 뉴질랜드의 한적한 동네에서 새로운 일상을 시작할 수 있었습니다.

첫 3개월 동안은 동네에 있는 어학원에서 공부를 하며 지냈습니다. 제가 지내던 곳은 작은 도시였기 때문에 모든 생활이 조용하고 아주 느릿했습니다. 평일에는 영어 공부를 하고 주말에는 친구들과 멀지 않은 곳으로 여행을 떠났어요. 그러는 사이, 저를 괴롭히던 불안이 모두 사라지진 않았지만 한결 편해졌습니다. 한국에서와 달리 그곳에선 오로지 저에게만 집중하면 되었기 때문인 거 같아요. 시간이 지날수록 차츰차츰 용기가 났어요. 그렇게 3개월 뒤 어학원을 졸업했을 땐 홀로 새로운 도시로 떠나게 되었어요. 뉴질랜드에서 두 번째로 큰 도시인 크라이스트처치였어요. 그리고 그곳에서 소중한 친구 케이트를 만났습니다.

케이트를 만나게 된 건 정말 우연이었어요. 우리는 해외
펜팔 사이트를 통해 알게 되었는데, 마침 제가 케이트가
살고 있는 지역으로 이동을 하게 된 거예요. 그때 우리는
서로 이름만 알 뿐, 가족 구성원은 어떤지 어떤 일을
하는지 잘 몰랐어요. 그러니 케이트의 집에서 함께 사는
건 생각지도 못했어요.

크라이스트처치에 있는 백패커에 머물면서 집을 구하던
어느 날이었어요. 꽤 마음에 드는 집을 찾게 되었어요.
방문해서 둘러보니 방도 넓고 주변 환경도 좋은 편이어서
다음 날 바로 짐을 챙겨 집주인의 차를 타고 그 집으로
이동했어요. 그런데 문제가 생겼습니다. 알고 보니
부엌에서 제대로 음식을 해 먹을 수 없는 상황이었어요.
집주인이 전날과는 달리 말을 바꾼 데다, 그 문제를
별로 대수롭지 않게 여겨 무척 당황스러웠습니다. 한참
혼자 고민 끝에 이 집에서 몇 달이나 지내는 건 무리라는
생각이 들어 집주인에게 이야기했습니다.

"아무래도 이 집은 나와 맞지 않는 것 같아요."

"그래요. 그럼 뭐 어쩔 수 없죠."

도로 짐을 들고 건물을 나오니 이미 길거리는 어둠이 내려 춥고 깜깜해져 있었습니다. 막막해하던 와중에 퍼뜩 생각난 사람이 케이트였어요. 케이트에게 연락해 저의 곤란한 사정에 대해 말했습니다.

"그런 일이 있었다니 말도 안 돼! 다른 나라 사람에게 집을 빌려줄 땐 문화가 다르다는 걸 먼저 알고 있었어야지. 심지어 이 나라 사람인 나도 요리를 자주 해 먹는 편인데, 그 집주인 정말 무책임하다".

케이트는 이렇게 말하며 고맙게도 저 대신 화를 내주었습니다. 그러고는 이런 제안을 했습니다.

"우리 집은 시내랑은 좀 거리가 있지만 넓고 방이 많거든. 난 고양이와 단 둘이 살고 있는데 너만 괜찮다면 우리 집은 어때?"

"케이트가 사는 집?"

"응. 한번 와서 살펴볼래? 나 좀 있으면 퇴근하는데
네가 있는 곳으로 데리러 갈게."

지금 생각해 보면 그런 갑작스러운 제안은 위험할 수도
있었어요. 몇 달 동안 펜팔로 메시지를 주고받긴 했지만
우린 서로 만난 적도 없는 사이니까요. 하지만 춥고
어두운 낯선 곳에서 저는 케이트를 믿어 보기로 했어요.
우리는 함께 차를 타고 케이트의 집으로 갔어요. 집은
크라이스트처치 외곽에 있는 작은 단독주택 단지에
있었어요. 바닥에는 모두 카펫이 깔려 있고, 거실 하나에
방이 세 개, 차고가 딸린 큰 집이었습니다.
집 근처에 대형 마트가 있었고 무엇보다 고양이 데이지가
정말 귀여웠기 때문에 저는 바로 그곳에서 살기로
결정했습니다.

케이트의 집에서 생활할 때는 거의 빈둥빈둥 놀면서
시간을 보냈습니다. 사랑스러운 고양이 데이지는 저를
정말 좋아했고, 저도 데이지와 사랑에 빠져 우리는
온종일 함께 지냈습니다. 케이트가 쉬는 날이면 같이
마트에 가서 장을 보기도 하고, 케이트가 자주 가는
포켓볼 클럽에서 함께 포켓볼을 치기도 했습니다.
주말마다 열리는 마켓에도 자주 갔는데 모든 게 다
새로워 하루하루가 즐거웠던 것 같아요.

그러던 어느 날이었습니다. 침대에 누워 있는데 땅이
흔들리는 걸 느꼈어요. 뉴질랜드는 환태평양 지진대에
위치해 크고 작은 지진이 많이 발생하는데, 그중
크라이스트처치는 다른 곳보다 지진이 더 자주 일어나는
지역이었습니다.* 뉴질랜드가 지진이 잘 일어나는

✦ 크라이스트처치는 2011년 규모 6.3의 강진으로 도심 지역이 폐허가
되었다. 2016년에는 규모 7.8의 강진으로 높이 2미터의 쓰나미가
발생해 건물 수백 채가 붕괴되었다.

곳이라는 것은 워킹 홀리데이를 오기 전에 이미 알고 있었지만, 막상 집이 흔들리는 걸 느꼈을 때 저는 아무 생각을 할 수 없었어요. 마치 움직이는 법을 잊은 사람처럼 꼼짝없이 침대에 누워 있었습니다. 몇 분 후 지진이 멎자 그제야 침대에서 몸을 일으켜 케이트에게 달려갔어요. 하지만 케이트는 놀랍게도 아무렇지 않아 했습니다.

> "이 정도 지진은 흔해. 그냥 일상이야.
> 그리고 이 지역 집들은 내진 설계가 잘되어 있어서
> 안전해. 걱정 마."

그리고 케이트는 예전에 대지진이 일어났을 때 자신이 어땠는지, 사람들이 그 힘든 일을 어떻게 극복해 냈는지 알려 주었습니다. 자신은 그때 당시 크라이스트처치에 있지 않았기 때문에 괜찮았지만 주변에 아는 사람들이 죽거나 크게 다쳤다고요. 하지만 그 후로 내진 설계가 잘된 건물들이 들어서고 새로운 공동체를 형성하며 계속

회복하고 있는 중이라고요. 그 이야기들을 가만히 들으며
다시금 알 수 있었어요. 결국 사람들에게는 어떤 재난이
닥쳐도 극복하고 다시 일어설 힘이 있다는 것을요.
그 후 크라이스트처치를 떠날 때까지 지진을 몇 번이나
더 겪었습니다. 그러나 모든 건 그대로였어요. 덕분에
저는 그 속에서도 '우리가 안전하다'는 걸 느낄 수
있었습니다.
크라이스트처치에서 지낸 몇 달은 오랫동안 느끼지
못한 여유롭고 평화로운 나날이었어요. 안정을 되찾은
저는 마침내 본격적으로 일을 해야겠다고 생각했어요.
그래서 그곳에서 꽤 떨어진 헤이스팅스라는 지역의
딸기 농장으로 가서 일을 하기로 했습니다. 이별은
언제나 힘들지만 특히 케이트와 데이지랑 헤어지는 건
정말 슬펐습니다. 고마운 친구 케이트를 언젠가 꼭 다시
만나고 싶어요.

주말마다 열리는 마켓에도 자주 갔는데

모든 게 다 새로워

하루하루가 즐거웠던 것 같아요.

헤이스팅스에서는 농장 일을 주선해 주는 백패커에서
지냈습니다. 한국인은커녕 동양인이 거의 없는 그곳에서
낯선 이방인들과 6인실을 쓰며 적응하는 건 쉽지
않았습니다. 처음에는 잘 어울리지 못해 겉돌기도 했지만
일을 하면서 차츰 외국인 친구들과 친해졌어요.

딸기 농장은 꽤 열악했습니다. 도시락을 데울
전자레인지조차 없고 화장실은 임시 막사여서
불편했어요. 그래도 일 자체는 그리 어렵지 않았고 더운
날씨도 아니어서 견딜 만했습니다. 열심히 적응하며 지낸
결과 얼마 안 있어 저는 그 농장에서 가장 손이 빠르고
일을 잘하는 일꾼이 되어 있었습니다.

외국인 친구들과도 소통하기 위해 노력했어요. 그중
대만에서 온 말수가 없는 친구가 하나 있었는데, 제가
먼저 다가가서 계속 말을 걸자 곧 친한 친구가 될 수
있었습니다. 그 친구와 다양한 이야기를 했는데 대개는
각자의 나라에서 일어나는 일들에 대한 것이었습니다.
그 무렵 홍콩에서 대규모 시위가 한창 일어나고 있어서

외국인 친구들의 관심이 중국과 주변 지역에 쏠려 있었습니다. 경찰의 강경 진압 과정에서 시민 수십 명이 다치고 총격도 벌어져서 사태가 심각했거든요. 제가 그 이야기를 꺼내자 대만 친구는 자기 나라 사람들도 그런 일을 겪었었다면서 여러 이야기를 해주었습니다.

저는 우리나라에 대해 무슨 이야기를 할까 고민하다 세월호 이야기를 꺼냈습니다. 놀랍게도 그 친구는 세월호 참사를 알고 있었습니다. 그렇게 많은 사람이, 그것도 어린 학생이 많이 죽은 사고는 다른 나라에 살던 자신에게도 충격이었다며 슬퍼했습니다.

다른 나라 사람들이 세월호 참사에 대해 알 거라고는 상상도 못했는데 더구나 자기 일처럼 슬퍼하는 사람들이 있다는 게 놀라웠습니다. 사실 그때까지만 해도 세상 사람들이 세월호 참사를 둘러싼 일들을 대체로 곱게 보지 않을 거라 생각하며 살았습니다. 살아 돌아온 제게 상처를 남긴 사람들의 말과 시선에서 여전히 벗어나지 못하고 있었던 것 같아요. 사람을 믿지 못하게 된 학창 시절 그대로 자라지 못한 채로 말이죠.

나는
　평범한
사람

사고 이후 저는 제 주위 사람들과 거리를 두려 했고 새로운 인연도 만들지 않으려 했습니다. 지금 생각하면 사람들이 저를 동정하고 안타까워하는 게 싫었던 것 같아요. 또 정을 준 사람들이 제가 세월호 생존자라는 걸 알게 된 후 저를 대하는 태도가 변한다면 얼마나 상처를 받을지 지레 두려웠던 것 같습니다. 그렇게 사람의 온기와 멀어진 채 방황하다 온라인 세상에 기대기 시작했습니다.

게임 속에서는 그저 익명의 유저가 되어 누구의 눈치도 볼 것 없이 자유롭게 행동할 수 있었습니다. 새로운 사람들과 재잘거리면서도 서로 선을 지키는 게 정말 좋았어요. 그곳에선 굳이 내가 누구라는 생각을 할

필요가 없었고, 저를 궁금해하는 사람도 없었고, 또
숨기려고 노력하지 않아도 되었거든요.

"어디 살아요?"

고등학교라는 울타리를 벗어났을 때 가장 불편했던 상황.
다른 사람이 제게 어디 사는지 물어보는 것이었습니다.
"안산이요"라고 대답하면 돌아오는 다음 질문이 거의
같았으니까요.

"안산? 학교 혹시 어디 나왔어요?"

대부분 사실대로 말했습니다. 단원고등학교를
나온 게 부끄러운 일도 아니고 숨길 일도 아니라고
생각했으니까요. 하지만 그렇게 단원고를 나왔다고
대답하면 사람들의 얼굴에는 급히 제 나이를 가늠하는
표정이 비치고 맙니다.

"아… 그럼 세월호를…."

그러곤 다음 말을 쉽게 잇지 못하는 것까지도 같았어요.
서로 어쩌지 못하는 침묵. 그래서 가끔은 거짓말로 다른
학교 이름을 댔습니다. 그럴 때 가장 곤란한 상황은
"거기 학교에 내가 아는 애 있는데 ○○라고 아니?"
같은 질문이 되돌아오는 경우였습니다. 이런 상황들이
참 힘들었습니다. 저를 곤란하게 만드는 질문을 던지는
사람들이 원망스러웠고 그 간단한 질문에 거짓말을 해야
하는 제가 싫어지기도 했어요.
하지만 게임 속에선 누구도 그런 질문을 하지
않았습니다. 다들 제가 어디에 사는지, 무슨 학교를
나왔는지 궁금해하지도 물어보지도 않았습니다. 그래서
어린 마음에 정말 믿을 만한 사람이라고 생각되면
세월호 생존자라는 걸 말하고 상대의 반응을 지켜보기도
했습니다. 지금 생각해 보면 내가 뭐라고 그런 말을
하며 다른 사람을 시험했나 싶기도 하지만 그때의 저는
제가 틀리지 않았다는 확신이 필요했어요. 만약 상대가

나를 대하는 태도가 변하지 않고 날 부정하지 않는다면
내가 그곳에 존재해도 된다고 인정받는 것 같았거든요.
그리고 그렇게 해서라도 사람에 대한 믿음을 버리고 싶지
않았던 것 같아요. 그렇게 게임 속에서 제가 믿을 수 있는
인연들을 하나씩 만들어 나갔고 그곳에서 울타리를 치고
벗어나지 않으려 했습니다.

가족과 친구들은 게임 중독을 걱정했지만 지금 생각해
보면 그건 제가 임시로 만든 안전지대일 뿐이었습니다.
그래서 마음이 힘들 때면 평소보다 게임을 더 많이
했어요. 게임 속에서 만난 친구들은 제가 꽤 불안정하게
사람을 대할 때도 저와 잘 어울려 주었고 그 덕분에 힘든
시간을 지날 수 있었습니다.

그렇지만 게임 밖으로 나오면 세상은 그대로였어요.
세월호 얘기 지겨우니 그만 좀 하라고, 놀러 갔다 죽은
게 무슨 자랑이냐고, 온갖 매체에서 잔혹한 말들을 퍼
날랐습니다. 그래서 끝내 저는 포기하게 되었습니다.
우리에 대한 기사는 더 이상 찾지 않았고, 사람들이
무슨 말을 하고 무슨 일을 하는지 눈과 귀를 막고 보지

않았어요.

그렇게 주위에 벽을 쌓은 상태로 몇 년이 지났을 때 낯선 나라에서 온 낯선 대만 친구와 세월호에 관한 얘기를 하게 되었던 거예요. 그 순간 저는 제가 단단히 세웠던 벽을 허물고 세상을 바라봐야 할 때가 왔다는 걸 깨달았습니다. 나는 더 이상 그때의 어린아이가 아니고 세상도 그만큼 변했다고. 이제는 움직여야 한다고 말이죠. 그래서 그 후로 SNS도 하기 시작했고 세상 돌아가는 일에 관한 뉴스도 찾아보게 되었습니다. 그렇게 몇 달이 지나고 다음 해, 이제는 그리워진 한국에 돌아오게 되었습니다.

그러나 하필 한국에 입국한 시기에 코로나19 바이러스가 중국에 퍼지기 시작했습니다. 그때는 곧 잠잠해질 거라 생각했지만 한국에도 감염자가 생기고 세상이 빠르게 동요하는 걸 느꼈습니다. 주변에서 코로나19로 병원에 실려 간 사람은 없었지만 연일 들리는 사망자 소식과 사회적 혼란에 저는 누구보다 더 두려움에 떨었습니다. 그럼에도 우리는, 저는 일상을 지키며 살아가야 했고요.

세월호 얘기 지겨우니 그만 좀 하라고,
놀러 갔다 죽은 게 무슨 자랑이냐고,
온갖 매체에서 잔혹한 말들을
퍼 날랐습니다.

그 순간 저는 제가 단단히 세웠던
벽을 허물고 세상을 바라봐야 할 때가
왔다는 걸 깨달았습니다.
나는 더 이상 그때의 어린아이가 아니고
세상도 그만큼 변했다고.
이제는 움직여야 한다고 말이죠.

독립,
새로운
목표

한국에 와서 먼저 한 일은 독립이었습니다. 그 과정도 워킹 홀리데이를 갈 때처럼 가족들의 동의를 구하는 게 쉽진 않았지만 전부터 결심한 일이라 밀어붙였어요. 혼자 방을 보러 다닌 끝에 대학교 근처에 있는 작은 원룸에서 살게 되었습니다. 그렇게 다시 학교생활을 시작했어요.

복학한 이후 운디드 힐러 활동도 재개했어요. 제가 뉴질랜드에 가 있는 동안 친구들은 트라우마에 관한 그림책을 만드는 활동을 마무리하고 발표회까지 진행하고 있었습니다. 하지만 그 후 코로나19로 사람들을 만나기 어려워지면서 우리의 활동도 다른 사람들과 어울리는 것보단 각자 심리, 트라우마에 대한 책을 읽고 서평을 나누는 쪽으로 치중하게 되었습니다.
그래도 기회는 왔습니다.

✳

첫 번째 기회는 외부에서 찾아왔습니다. NGO 단체인
'더 프라미스'에서 기후 재난 보드게임을 같이 진행하자는
제안이었습니다. 우리는 곧 강사 교육을 받고 서울 지역
아동센터로 지원을 나갔습니다. 보드게임의 이름은
'지구에서 살아남기'. 환경보호에 관한 지식과
재난상황에 놓일 때 어떻게 대처해야 되는지에 대한
퀴즈가 담긴 게임이었습니다. 강사로서 내용을 모두
숙지해야 했기 때문에 새로운 걸 많이 배웠어요.
아이들을 대하는 건 어렵지 않았어요.
생각보다 아이들이 알고 있는 지식도 풍부했고요.
그때 인상적이었던 퀴즈가 하나 있습니다.

[코로나19 때문에 학교를 쉬었다가 다시 돌아온 친구를

어떻게 대해야 될까요?]

돌아온 친구. 이 말을 두고 다시금 생각했습니다.
코로나19 예방법도 물론 중요하지만, 재난으로 인한
누군가의 상처를 우리가 어떻게 다루어야 하는지, 바로
거기에 진짜 중요한 게 있다고요.

두 번째 기회는 우리가 만들었습니다. 보드게임 강사
활동 이후 우리는 코로나19로 고립된 아이들에게 어떻게
하면 더 도움이 될까 생각하게 되었습니다. 그렇게 하게
된 활동이 '애착 인형 만들기' 프로그램이었습니다.
원래 애착 인형 만들기는 안전지대를 생각하고 만든
활동이었습니다. 코로나19로 집에 머무는 시간이 길어진
아이들이 자신만의 공간을 갖지 못해 고통받는 일이
많다는 걸 알게 되었고, 우리는 그런 아이들에게 마음이
힘들 때마다 의지할 수 있는 안전지대를 만들어 주면
어떨까 생각하게 되었어요. 점토나 모래로 나만의 공간
만들기, 가장 좋아하는 공간이나 장소를 그려 나만의

안전지대로 삼기 등 여러 아이디어가 나왔지만 몇 가지 한계에 부딪혀 결국 운디드 힐러의 로고 캐릭터를 만드는 애착 인형 프로그램이 된 거였습니다.

인형 만들기는커녕 간단한 바느질조차 몇 번 해보지 않았던 우리에게 이 프로그램은 시작부터 고난의 연속이었습니다. 처음엔 동대문에 직접 가서 천을 만져 보고 고르려 했는데 시간적 여유가 부족한 데다 생각보다 천이 비싸서 온라인 사이트를 계속 뒤졌습니다. 그렇게 구한 천으로 만든 인형은 처음 생각한 것보다 더 투박한 모양이었지만 저는 왠지 그래서 더 마음에 들었습니다. 그렇게 인형 도안과 바느질 세트를 준비한 우리는 시연할 장소 섭외에 나섰습니다.

다행히 단원고등학교 근처에 생존자들을 위한 공간 '쉼표'가 마련되어 있었고 우리도 줄곧 그곳을 이용해 왔기 때문에 장소를 쉽게 구할 수 있었습니다. 그리고 감사하게도 쉼표 선생님들께서 근처 초등학교 학생들을 모아 주셔서 빠르게 프로그램을 진행할 수 있었어요. 아이들은 서툴지만 우리를 보고 곧잘 바느질을 따라

했습니다. 솜을 넣고 마무리 바느질을 하고 인형에게 이름을 지어 주게 한 뒤 오늘부터 친구가 되었다는 친구 증표까지 만들자 아이들은 기뻐했습니다. 그렇게 몇 번의 프로그램을 성공적으로 마치고 우리는 휴식기를 갖기로 했습니다. 다들 대학 졸업을 앞둔 시기이기도 했고 새로운 부원들을 뽑기 전에 우리에게도 정비할 시간이 필요했어요.

⌣ ✳

여느 취준생이 그렇듯 졸업이 다가오자 앞으로 뭘 하고 살아야 할지 머릿속이 복잡해졌습니다. 대학에 들어올 땐 막연히 심리학을 배워 누군가에게 도움이 되고 싶다는 생각, 나 자신을 잘 알아보고 싶다는 생각을 했습니다. 그러나 시간이 지나면서 상담사가 좋겠다, 임상심리사는 어떨까, 청소년 상담사가 되고 싶다 등 구체적인 생각을 하게 되었고, 더 프라미스와 협업을 한 뒤로는 NGO 활동가로 일하고 싶어졌습니다. 우리나라뿐 아니라 전

세계적으로 일어나는 여러 재난에서 고통받는 사람들을 찾아 도와주고 싶어졌습니다.

하지만 시기가 나빴던 것 같습니다. 코로나19로 많은 단체가 활동을 줄였고 인력 충원도 적어서 과연 내게 기회가 올까 자신이 없었습니다. 결과적으로 졸업 후 몇몇 단체에 지원했지만 떨어졌고요. 그러면서 한 가지를 느꼈습니다. 내가 어떤 일을 하는 사람이 되고 싶다면 그에 맞는 자격이 있어야 한다는 것을요.

물론 자격을 갖추기란 쉽지 않았습니다. 무언가에 도전하는 데 두려움부터 들고 여기서 더 공부를 할 수 있을까 하는 걱정도 앞서고요. 그래서 우선은 제가 할 수 있는 일, 운디드 힐러 활동부터 열심히 하기로 다짐했습니다. 그리고 얼마 안 있어 우리는 인스타그램과 지인 찬스를 통해 부원 4명을 더 뽑았습니다. 여러 논의를 거쳐 뽑은 부원들은 마음건강센터에서 제공해 준 교육을 이수했고 그 후 본격적으로 우리의 활동에 들어오게 되었습니다.

새로운 구성원들과 함께한 첫 번째 활동은 예전에 했던

인형극을 영상으로 만들어 유튜브에 올리는 일이었어요.
대본을 수차례 수정한 뒤 센터 선생님들에게 검수를
받았고, 인형을 능숙하게 다루기 위해 연습도 많이
했어요. 마침내 촬영하는 날에는 전문 스튜디오라는 곳에
처음 가봤는데 모든 게 참 신기했습니다. 리허설을 하는
것도 그렇고, 영상 따로 녹음 따로 하는 것도 그렇고요.

"와, 이런 곳은 방송국에서나 쓰는 건 줄 알았는데!"
"얘들아 저기 안에 들어가면 아무것도 안 들린다?
신기해 대박!"

그렇게 우리는 우리가 할 수 있는 작은 목표를 하나씩
이루어 나갔습니다.

그러던 2022년 3월, 울진부터 동해까지 다발적인 산불이
크게 일어났습니다. 산불은 순식간에 삶의 터전을 빼앗아

갔습니다. 하지만 그때까진 뉴스로만 본 게 전부라 실제 그곳의 모습이 어떨지, 일상을 잃은 사람들이 어떻게 지낼지 예상하지 못했어요. 그러다 운디드 힐러에 산불 피해 지역 어르신을 돕는 활동을 함께하자는 제안이 들어왔고, 시간적으로 여유가 있는 제가 대표로 동해에 가게 되었어요. 그때 저는 비로소 산불이 어떤 재난인지 실감했습니다.

산불 피해자분들은 동해에 있는 국가철도공단 망상수련원에서 임시로 지내고 계셨습니다. 옷 한 벌 건지지 못하고 집을 뛰쳐나온 분이 대다수였기 때문에 지원이 많이 필요한 상태였어요. 다행히 전국에서 구호물품이 왔어요. 우리는 우리가 할 수 있는 프로그램을 고민했습니다. 일명 사랑방 프로젝트. 산불 피해자는 대개 나이가 지긋하신 어르신이었는데 그중에서도 할머니가 많았습니다. 다들 산불이 난 후로 기력이 없어 실내에만 계셨기 때문에 우리는 임시로 방 하나를 빌려 그곳에서 이야기를 들어 드리고, 작은 프로그램도 하는 사랑방을 운영하기로 했어요. 처음엔 날씨도 춥고 우리가 낯설어 많이 찾아오시지 않았습니다. 그래서 우리는 식사 시간을 이용하기로 했어요. 봉사 초반엔 여러 단체에서 밥차가 지원을 와서 그 자리에서 음식을 만들고 도시락에 넣어 방까지 배달해 드릴 수 있었거든요. 저는 음식을 만들진 않았지만 도시락에 여러 반찬을 넣고 할머니들 방으로 배식할 때 동행을 했습니다. 그러곤 오늘 하루는 어떠셨는지, 불편한 데는 없으신지, 필요한 물건은 없으신지 묻고는 했어요. 그리고 사랑방이라는 곳을 운영하니 적적하실 때 들르시라고 말씀드리기도 했어요. 그렇게 여러 번을 오가니 우리가 오는 걸 반기기도 하시고 점점 사랑방으로 찾아와 주셨습니다.

그렇게 천천히 낯을 익히며 서로 친근해졌습니다. 일이 있어 중간에 먼저 서울로 돌아가야만 했을 때 마음에 어찌나 걸리던지요. 결국 다시 시간을 내어 동해로 내려갔을 때 저를 기억해 주시고 반기시던 모습이 생생합니다.

어르신들이 계신 망상수련원은 바닷가에 위치하고
있어 바람이 많이 불었고 추웠어요. 그래서 보통은
모두 따뜻하게 보일러가 돌아가는 사랑방에 앉아서
오순도순 이야기를 나누었어요. 인삼차, 대추차, 커피
등을 타 마시기도 하고 쌀과자 같은 다과를 먹기도
하면서 말이죠. 그렇게 할머니들과 많은 이야기를 나누며
수련원에서 밤낮으로 생활하던 저는 새로운 사실들을 알
수 있었습니다.

그중 하나가 행정적인 절차가 잘 이루어지지 않는다는
것이었습니다. 연세가 지긋하신 어느 할머니는 당장
다음 날 수련원에서 나가 아파트로 들어가야 된다는 걸
모르고 계시다가 전날에야 알게 되기도 했어요. 그분
같은 경우는 연고가 있는 가족도 멀리 살고 연락도 잘 안
되던 상태였는데, 누가 그분 대신 아파트에 들어가겠다고
도장을 찍었는지 정말 모르겠다고 하셨어요. 귀신이 곡할
노릇이죠.

이것 말고도 또 안타까운 일이 있었어요. 어떤 할머니께선

불이 난 날 틀니를 집 안에 두고 나오셨다고 해요.

하지만 원래 말수가 적은 분이기도 하고 아무도 관심을

갖지 않아 며칠 동안 밥도 거의 못 드시고 방에만

계셨대요. 그러다 저와 함께 봉사하던 사람이 할머니가

매번 음식을 안 드시는 걸 보고 이상하게 여겨

물어봤다가 그제야 알게 된 거였어요. 그 후 우리는

할머니를 모시고 치과에 갔고 며칠 후에 틀니를 겨우

맞춰 드릴 수 있었습니다.

이런 재난 상황이 일어나면 많은 곳에서 도움의 손길이

찾아와요. 먹는 것, 입는 것, 자는 것…. 하지만 그보다

더 중요한 건 사람들의 관심이라는 걸 더욱 느낄

수 있었어요. 특히나 산불은 나이가 많으신 분들이

피해자이기 때문에 각별히 관심을 가져야 하는데

그런 게 현장에서 부족하다는 것을 느꼈습니다.

저 역시 그전까지 뉴스 속 영상으로 볼 땐 산불이

위험했겠구나 정도의 생각밖에 하지 못하고 살았어요.

그런데 직접 눈앞에서 보니 산불이 피해자 어르신들께

남긴 상처가 예상보다 컸습니다. 수십 년을 쓸고 닦으며

기대 살았던 집이 순식간에 불타 버렸는데 기억할 만한
물건을 하나도 챙기지 못한 게 후회된다는 분도 계셨고,
십 년도 넘게 키우던 개가 있어서 급히 목줄을 풀어 주고
나왔는데 결국 찾지 못했다며 마음이 좋지 않다 말하는
분도 계셨습니다.

"나는 우리 집만 생각하면 마음이 답답해."

옛날부터 그냥 그곳에 집을 짓고 자연스레 살아왔지만
땅이 본인 소유가 아니었던 지라, 결국 바다가 훤히
보이던 정든 집터를 두고 전혀 모르는 곳으로 이사를 갈
수밖에 없었던 어느 할머니가 했던 말입니다. 그 많은
슬픔 가운데 저에게는 그 말이 가장 아프게 들렸습니다.
잃어버린 추억에 대한 것들이요.
어느 날은 산불 현장에 할머니들과 함께 찾아가 불탄
집을 살펴보는데 문득 제 눈에 타고 남은 사진 조각들이
들어왔습니다. 할머니들의 인생이 담긴 사진은 모두 불타
복원할 수 없었는데, 어느 할머니는 돌아가신 남편과

생전에 찍은 사진 액자를 챙기지 못했다며 끝까지 미련을
놓지 못했습니다.

그렇게 잿더미를 살피는 할머니들의 모습을 보다
잊고 있던 '휴대폰'이 생각났습니다. 그날 배에 두고
나왔던. 다시는 만날 수 없는 친구들과 함께 찍은 사진과
돌아가신 아빠와 마지막으로 찍은 사진 모두 그 휴대폰에
들어 있었습니다. 그때는 백업이란 걸 몰라서 결국
복원도 하지 못했어요. 사고 후에 그게 정말 아쉬웠는데,
몇 년이 지나 산불 재해로 하루아침에 그 많은 추억을
잃고만 할머니들의 모습을 보니 그때의 제가 생각나지
않을 수 없었습니다.

복원은 못하더라도 조금이라도 위안이 될까 싶어 저는
잿더미를 헤쳐 타다 남은 사진 조각들을 모았습니다.
그래도 할머니가 찾던 남편 사진은 결국 찾지 못했어요.
할머니는 괜찮다고 하셨지만, 제 마음 한구석에는 슬픔이
들불처럼 일어났습니다. 흔히 일어나는 사고라며 그간
무심코 넘겼던 일들 속에 이렇게 고통받는 사람들이
있다는 것이, 그리고 그 사람들을 위해 제가 할 수 있는

게 별로 없다는 것이 괴로웠습니다. 이분들의 인생은
앞으로 어떻게 될까요? 지금 당장은 임대 아파트에서
살아갈 수 있겠지만 몇 년이 지나면 나가야 해요.
긴 세월 살아오며 켜켜이 쌓은 추억도, 흔적도, 아무것도
없는 채로 남은 삶을 살아간다는 건 또 얼마나 힘들까요.
또다시 집에 불이 날까 봐 잠 못 이루는 밤엔 어떻게
대처해야 할까요?

동해에 머무르는 동안 할머니들의 이야기를 조금이라도
더 듣고 따뜻한 무언가를 남겨 드리기 위해 노력했습니다.
같이 노래를 부르고 춤도 추고 서로 힘든 마음을 터놓고
이야기도 하고요. 시간이 지나 할머니들이 다른 장소로
떠나실 때가 되자 저도 서울로 돌아가게 되었습니다.
떠나기 전 할머니들은 언제든 동해에 놀러 오라고, 놀러
오면 맛있는 걸 해주겠다며 저를 안아 주셨습니다.
그렇게 돌아온 얼마 후 한 할머니에게서 전화가 걸려

왔습니다. 다른 이재민 분들과 함께 장도 보고 모여서
이야기도 하며 잘 지내니 걱정하지 말라 하셨어요.
절망이 있으면 희망도 있습니다. 상실로 고통받은
사람들은 그럼에도 희망을 품고 앞을 향해 살아갑니다.
이런 사람들을 위해 제가, 우리가 할 수 있는 일은 무엇이
있을까요?

그렇게 잿더미를 살피는
할머니들의 모습을 보다 잊고 있던
'휴대폰'이 생각났습니다.
그날 배에 두고 나왔던.

할머니는 괜찮다고 하셨지만,
제 마음 한구석에는 슬픔이 들불처럼
일어났습니다.

마주 보다

저는 최근까지도 스스로 '나는 그렇게까지 불행한 사람은 아니라고, 별로 힘들지 않다'고 생각했습니다. '나보다 더 힘들고 안 좋은 상황에 놓인 사람들도 있을 텐데, 나에게 그렇게까지 힘들어할 자격이 있을까'라고 전부터 의심해 온 까닭일지 모르겠어요.

그러다 산불 피해를 당한 할머니들과 지내는 동안 여러 이야기를 들으면서 지금까지 제가 의심하며 생각해 왔던 게 틀렸다는 걸 알게 되었습니다. 상황의 심각성과는 상관없이, 슬픈 건 슬픈 거라고요. 그걸 이제야 알게 된 저는 자신에게 미안해지기 시작했습니다. 그래서 스스로에 대한 미안함의 의미로 제가 외면해 왔던 생각과 후회, 자책, 미련 들을 여기에 적어 보기로 했어요.

저는 생각이 많은 아이였습니다. 사고 이후에는 더 생각이 많아졌고 그로 인해 여러 자책이 제 안에 쌓이기 시작했습니다. 과거로 돌아간다면 어떻게 해야 할까 하는 미련, 그때 무언가를 했다면 더 많은 친구가 살 수 있지 않았을까 하는 후회도 자주 했습니다.

> '그날 객실을 나오면서 친구들에게 다 같이 갑판까지 올라가자고 말했다면. 기다리지만 말고 우리끼리라도 나가 보자고 했다면 더 나았을까.'
> '만약 과거로 돌아갈 수 있다면 배가 출항하지 못하게 막을 수 없을까? 쓰러지거나 난동을 부리면 될까?'
> '만약 내가 죽었다면 우리 가족은 어떻게 되었을까. 슬픔을 이겨 낼 수 있었을까?'
> '만약 내가 조금만 더 다르게 행동했더라면….'

이런 생각들을 아무리 해봤자 지금의 현실은 바뀌지 않는다는 걸 알면서도, 그럼에도 그 '만약'을 생각하는 걸

멈출 수 없었습니다.

그날 이후 긴 시간이 지났습니다. 이제는 괜찮아졌다고
생각했습니다. 바다를 봐도 아무렇지 않고 졸업한
고등학교를 찾아가도 힘들지 않으니 나는 다 극복해 낸
거라고 생각했습니다. 아니, 그랬어야만 했어요.

하지만 요즘도 때때로 찾아드는 악몽이 저를 그날의
바다로 데려갑니다.

해일이 밀려오는 꿈,

내게 닥칠 위기를 느끼면서도 아무것도 하지 못하는 꿈,

나만 살아남아 괴로워하는 꿈,

주위 사람들이 나를 떠나가는 꿈….

제일 최근에 꾼 꿈은 배를 타고 있는데 폭풍이 불어
배가 침몰 위기에 처한 것이었어요. 이런 꿈을 꾸면
저는 단순한 개꿈이라고 생각하며 그 이상은 생각하길
피했어요. 지금 생각해 보면 그것도 제가 외면해 왔던 것
중 하나였겠죠.

분명히 그때는 정말 힘들었던 것 같은데 지금 떠올려

보면 시간 속에서는 모든 게 스러진다는 말밖에 생각나지

않습니다. 그토록 잔인했던 기억도 시간이 지나면 무뎌져

그때만큼의 감정이 들지는 않으니까요. 물론 그때는

시간이 지나면 괜찮아진다는 그 말이 정말 싫었지만요.

하지만 기억이, 감정이 무뎌졌다고 해서 저를 괴롭히는

게 없어진 건 아니에요. 지금도 때때로 불쑥 찾아오는

형용하지 못할 감정들과 두려움, 불안이 저에게

'절대로 잊지 말라'고 일깨우고 있으니까요.

아마 평생 저를 괴롭힐 거예요.

그렇지만 지금의 저에게는 비록 그 괴로움을 극복하지

못하더라도 딛고 일어날 힘이 있습니다. 만약 이 힘이

없었다면 저는 아직도 제 안의 캄캄한 바다에 갇혀

어둠 속을 헤매고 있었을 거예요. 이 힘을 만든 건 제가

여태까지 살기 위해 쳐온 발버둥, 그리고 그걸 알아보고

저를 끌어 올려 준 사람들의 마음이에요. 그날 제 손을

잡고 갑판 위로 이끌어 준 친구부터, 지금까지 만난

많은 사람 모두의 마음이요.

✳

그러니 마지막으로 저를 끌어 올려 준 사람들의 이야기를
하고 싶어요. 아마 그 사고가 없었다면 평생 만날 일이
없었을지도 모르죠. 그럼에도 저는 이 사람들을 만난 게
제 인생에 다시 없을 행운이라고 생각하기로 했습니다.
사고로 많은 걸 잃었지만 또 얻은 것도 있을 테니 이 또한
그중 하나라고요.
제가 힘들 때마다 이야기를 듣고 도와주신 선생님들.
깊고 어두운 우울에 빠져 헤매고 있을 때 곁에서 슬픔을
나누어 가져가 준 언니 오빠들. 제가 어떤 사람이든, 어떤
일을 겪었든, 너는 내 친구라며 있는 그대로 저를 바라봐
준 친구들. 그리고 제가 알지 못하는, 지금 이 글을 읽고
있는 여러분과 같은 사람들.
저는 이 사람들이 없었다면 결코 일어설 수 없었을
거예요.

누군가는 제가 다른 사람들을 도우려 하는 이유가 여태껏
도움을 받아 왔기 때문에 그걸 갚기 위해서일 거라고
생각할 수도 있어요. 물론 그것 또한 중요한 부분입니다.
하지만 저를 위한 마음이 더 커요. 누군가의 상처에
공감하고 작은 마음이라도 나눌 수 있을 때 무엇보다 큰
기쁨을 느낍니다. 그러니 제가 사람들을 돕고 싶은 건
모두 저를 위해서예요.

가끔 사고 후 스스로 무엇이 달라졌는지 생각해 봅니다.
제 인생은 많이 변했습니다. 만약 제가 그런 일을 겪지
않고 평범한 학창 시절을 보냈다면 그대로 대학에
입학하고 아마 지금쯤 도서관 사서가 되었을 거예요.
그것 말고도 많은 게 변했을 테죠. 참사는 제 인생을
송두리째 흔들었고, 그 이후로도 저를 힘들게 한 일은
분명 많았습니다. 하지만 지난 시간이 전부 고통으로만
남았냐고 묻는다면 그건 아니라고 대답할 거예요.

너무 큰일을 겪어 불행하다고만 생각하던 때가 있었지만,
이제는 그곳에서 나올 수 있어서 다행이라고, 행운이라고
생각하게 되었어요.

해리 장애, 우울증과 같은 마음의 병을 오래 앓게
되었지만 그걸 극복할 수 있는 힘을 갖게 되었고요.

사람을 믿지 못하게 되었지만 믿을 수 있는 좋은
사람들을 만나기도 했어요.

모든 것을 놓고 무기력하게 살았지만 그러다 생의 목표를
찾기도 했습니다.

힘든 일을 회피하다가 도망친 그곳에서 좋은 사람들을
만나고 값진 경험들도 할 수 있었습니다.

만약 과거로 돌아가 그 일에 대해 선택할 수만 있다면,
당연히 아무 일도 일어나지 않는 쪽을 고를 거예요.

하지만 그럴 수 없다면, 저는 분명히 똑같은 경로로
지금에 다다를 거라 생각합니다. 나를 지탱해 준
사람들을 향해, 내 삶의 목표를 향해.

지금까지 조금 거창하게 이야기를 했지만 사실 저는
다른 사람들이 보기에 아주 느린 속도로 걸어가고
있어요. 만약 거북이가 본다면 코웃음 치면서 저를 밟고
갈지도 모르죠. 취업을 하지도 못했고, 주변 사람들에게
믿음직한 사람, 자랑스러운 존재가 되어 주지도 못했고,
여전히 우울증 약을 먹고 있거든요. 하지만 자세히
들여다보면 느리지만 분명히 한 걸음씩 전진하고 있어요.
제 마음이 이끄는 방향으로요.

만약 그날 그 자리에 멈춰 있었다면 그날의 일은 제 안의
어두운 바닷속에서 절대 사라지지 않는 소용돌이로
남았을 거예요. 하지만 끊임없이 의문을 갖고,
힘들어하는 자신과 투쟁을 하고, 더 나은 세상을 위해
노력한다면 그건 소용돌이가 아니라 태풍을 만드는
바람이 될 거라 믿습니다. 태풍 후에 바다는 물이 한 번
뒤집혀 깨끗해진다고 들었어요. 저는 제게 있었던 일을
소용돌이가 아닌 태풍으로 변화시키고 싶어요. 그날이 올
때까지 앞으로 나아가는 걸음을 멈추지 않을 거예요.

참사는 제 인생을 송두리째 흔들었고,
그 이후로도 저를 힘들게 한 일은
분명 많았습니다. 하지만 지난 시간이
전부 고통으로만 남았냐고 묻는다면
그건 아니라고 대답할 거예요.

책을 내고
난 후

2023년 4월 세월호 참사 9주기에 맞춰 이 책의 초판을
낸 후 지난 1년간 제게는 많은 일이 있었습니다.
책을 쓰지 않았으면 아마 오지 않았을 여러 기회가
찾아왔고, 또 어쩌면 평생 깨닫지 못했을 사실들도
알게 되었어요. 그래서 10주기를 맞아 1년 동안 저에게
일어난 일들을 덧붙여 적어 보고자 합니다.

✳

스스로 생각하기에 저는 어렸을 때 집안에서
천덕꾸러기였던 것 같아요. 사춘기도 심하게 겪었고
저만의 세계에 빠져서 남의 말을 잘 들으려 하지
않았거든요. 그래서 10년 전 그 사고를 겪고 난 뒤에는
"식구들이 말을 안 해서 그렇지 네 걱정을 하고 있다"라는
말을 들어도 그저 '집안에 골치 아픈 일이 생겼구나'
정도로 여기는 줄로만 알았어요. 그런데 책을 인쇄하기
전에 출판사가 한 인터넷 서점을 통해 북펀딩을 했을 때
친척들의 반응을 보고 놀라게 되었어요. 온 식구가 제

책이 나온다는 걸 주변에 알리고 있었거든요.

친구와 지인들은 물론이고 친척의 친척에게까지.

조금은 부끄러웠습니다. 그리 자랑할 일은

아니라고 생각했거든요. 북펀딩이 끝나고 마침내 책이

인쇄되어 나왔을 때 맨 뒷장에 적힌 북펀딩에

참여해 주신 분들의 명단에는 제 눈에 낯익은 이름이

많았습니다. 그분들이 직접 온라인 서점에 들어가

참여하기를 누르고 신청란 댓글에 응원의 말을 남기고

그랬다는 게 신기했어요. 제일 의외였던 이름은 '외삼촌'.

외삼촌은 무뚝뚝한 편이신 데다 엄마의 형제 중에서

가장 큰 어른이라 저에게는 어려운 존재였고 사실

여태까지 대화를 거의 해본 적이 없었습니다.

그런 외삼촌이 북펀딩에 이름도 아니고 '외삼촌'이라고

적어 참여했다는 게 무척 의외였어요.

얼마 안 있어 엄마는 모든 친척이 제 책을 읽었다는

소식과 함께 후기를 전해 주었어요. 제가 이렇게까지

힘든 시간을 겪고 있는 줄은 몰랐다, 조금 더 관심을

가졌어야 했는데 미안하다 등등. 그런 이야기들을 전해

들으며 누구보다 제 스스로가 지금껏 식구들에게 오히려 무신경했다는 걸 깨달았습니다. 솔직히 매일 보는 가족조차 나의 마음을 이해하지 못하는데 그보다 조금 떨어진 친척이라는 사람들이 나를 얼마나 이해할 수 있을까, 생각해 왔습니다. 그저 나를 한심하게 바라보지만 않았으면 좋겠다고 여겼던 것 같습니다. 그런데 이제 와 생각해 보니 큰 사고에서 겨우 살아 돌아온 아이를 앞에 두고 '그때 어땠어, 지금은 기분이 어떠니' 하고 물어보며 관심을 보이기란 꽤 힘든 일이었을 것 같다는 생각이 듭니다. 저희 친척들에게도 지난 시간은 쉽지 않았을 거라는 걸요. 결국 저는 책을 낸 덕분에 제가 생각하는 것보다 더 많은 사랑을 받고 있었다는 걸 알게 되었습니다.

✳

책의 초판이 나왔을 때 세월호 참사 9주기를 앞두고 있던 터라 여러 신문사, 방송사에서 인터뷰 요청이

들어 왔습니다. 그때까지 생존학생 중에서 직접 책을 쓴 경우는 없었던 터라 아무래도 관심을 많이 받은 거 같아요. 그리고 거의 모든 기자님이 안산에 있는 '단원고 4·16 기억교실' 안에서 만나 인터뷰를 하길 원했고요. 4·16 기억교실은 그날의 참사를 잊지 않기 위해 당시 2학년 학생들이 쓰던 교실과 책걸상, 그리고 희생학생들의 유품을 그대로 보존하고 있는 곳입니다. 기자님들의 제안을 듣고 처음에 잠시 머뭇거리긴 했습니다. 그전까지 저는 단 한 번도 4·16 기억교실에 가질 않았으니까요. 집에서 그다지 멀지 않은 거리였고 몇 번이나 그 앞을 지나친 적도 있었지만 그 안으로는 한 발도 들어가지 않았습니다. 굳이 갈 필요가 있을까, 하며 옛 기억이 되살아나는 걸 두려워했던 거 같아요. 하지만 언젠가 한 번쯤은 가야 할 것 같은 마음, 10년 가까이 시간이 흘렀으니 이제는 다시 그 풍경들을 마주해도 괜찮을 것 같다는 자신감이 들었어요. 그렇게 9년 만에, 책 출간 인터뷰를 하는 첫날이 되어서야 기억교실에 발을 딛게 되었습니다.

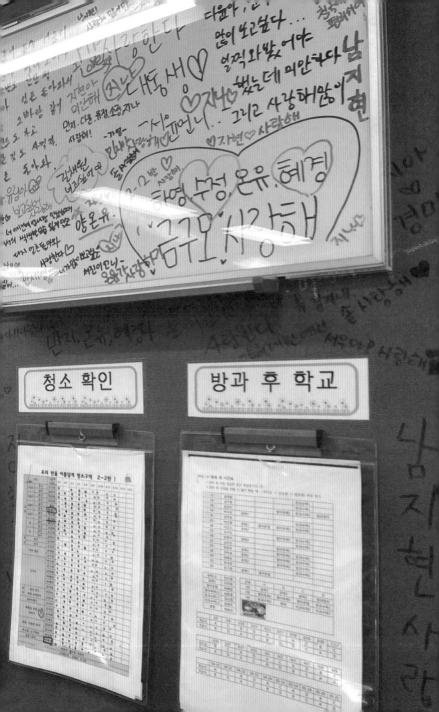

교실은 제 기억 속의 모습과 전혀 달라진 게 없었어요.
그때 우리가 쓰던 책상, 사물함, 청소도구함, 칠판 옆
공지사항과 청소 일지, 심지어 작은 낙서가 적혀 있는
창틀까지. 저와 특히 친했던, 이제 이 세상에 없는
친구의 책상에는 친구가 쓰던 필통과 지우개가 어제처럼
그대로였고요. 교실 맨 뒷자리였던 제 책상과 의자도
그 자리 그대로 제 이름표를 단 채 친구들의 책걸상과
나란히 있었습니다. 이곳을 찾아오기까지 긴 시간이
걸렸지만 이상하리만치 슬프지도, 힘들지도 않았고
그저 학창 시절의 추억만이 떠올랐어요. 여태까지 너무
겁을 먹고 있었던 걸까요, 아니면 시간이 흘렀기 때문에
감정이 희석된 걸까요. 분명한 건 제가 책을 쓰지 않았고
인터뷰에 응하지 않았다면 기억교실에 찾아오기까지
더 많은 시간이 걸렸을 것이라는 거예요. 어떤 결과가
일어날지 모르지만 용기 내어 무언가를 시도한 제가
자랑스럽다고 생각했습니다.

책을 낸 뒤 일어난 신기한 일 중 하나는 여러 학교에서 강연 요청이 들어 온 것입니다. 책을 쓰기 전까진 한 번도 강연이라는 걸 하리라고 상상하지 못했습니다. 프리젠테이션을 만들고 자료를 준비하는 것보다 더 어려웠던 점은 어린 학생들 앞에 서야 한다는 사실이었어요. 그냥 여러 사람 앞에서 저에 대한 이야기를 하는 것도 떨리는데 학교에서, 교복을 입은 청소년 아이들을 상대로 강연이라니. 더구나 세월호 참사를 알고 있거나 기억하고 있기에 그 아이들은 당시 열 살도 안 되었을 텐데요.

걱정이 뭉게뭉게 피어오를 때 출판사 편집장님이 용기를 주셨어요. 작가들에게 강연 요청이 오는 건 자연스러운 일이고, 이런 일도 경험해 보면 분명히 앞으로 나아가는 데 도움이 될 거라고요. 그래서 엄청 떨리지만 용기 내서 해보기로 결심했어요.

드디어 처음 강연을 가던 날, 학교까지 가는 길엔 별로 떨리지 않았는데 교실에 학생들이 한두 명씩 들어와 앉는 모습을 보는 순간 가슴이 막 쿵쾅쿵쾅 뛰기 시작했어요.
아마 강연하는 도중에도 아이들에게 심장 소리가 들릴
만큼 떨었을 거예요. 감사하게도 사서 선생님께서 긴장을
풀어 주기 위해 도와주셨고, 무엇보다 감동스럽게도
모든 학생이 책을 미리 읽어 왔더라고요. 저를 바라보는
학생들의 눈이 너무나도 반짝거려서 그 응원을 받아
어떻게든 이야기를 마칠 수 있었던 것 같아요. 질문
시간도 갖고 사인 요청도 받으면서 미래의 어떤 희망
같은 것을 보는 것 같아 뭉클했습니다.

학교 강연들 가운데 가장 인상적이었던 기억은 어느
학생이 저에게 준 노트였습니다. 출판사에서 청소년들을
위한 독후활동지를 만들어 사전에 배포를 했는데, 강연에
왔던 한 학생이 자신이 다 쓴 독후활동지를 저에게 불쑥
내민 것이었습니다. 거기에는 책을 읽으며 자신이 했던
생각들과 앞으로 우리가 어떻게 해나가야 할지에 대해
적혀 있었어요. 아마 저는 그 학생이 써준 노트를 평생
간직하고 있을 것 같아요. 학교 강연은 정말 떨렸지만
앞으로 이 사회의 미래가 될 학생들이 원한다면 조금 더

용기를 내볼 수 있을 것 같아요.

✳

한번은 생각지 못한 곳에서 북토크 제의가 들어오기도
했습니다, 카이스트 재난학과에서 제 이야기를 듣고
싶다고 연락이 온 거였어요. 과연 내가 무슨 이야기를
해줄 수 있을까 떨리긴 했지만 한편으로는 재난을
연구하는 사람들이 바라보는 세월호 참사는 어떤지
궁금했습니다. 그래서 멀리 대전까지 가게 되었어요.
북토크 행사에는 교수님과 대학원생들이 자리했는데
대다수가 외국인이었어요. 구글 번역기가 열심히 도와준
덕분에 저는 책에서 미처 풀어내지 못한 이야기들까지 잘
전할 수 있었고요.
강연이 끝난 후 뜻밖의 이야기를 들을 수 있었어요.
생존학생이었던 우리가 연수원에서 지내다가
학교로 돌아왔을 때, 우리를 연구하기 위해 카이스트
재난학과에서 찾아와 몇몇을 만나 봤었다고요. 근데

그로 인해 힘들어하던 게 아직까지 미안해서 여태까지
누구에게도 접근하지 못했다고요. 그러던 중 제가 책을
낸 것을 보고선 용기 내어 연락을 주셨다고 했습니다.
그렇게 카이스트 측과 교류하면서 여러 지식도 쌓을
수 있었고 교수님으로부터 어느 홀로코스트 생존자의
이야기를 들으면서 나도 생애주기별로 책을 내보면
좋겠구나 하는 생각도 하게 되었어요.

그날의 기억이 너무 좋았어서 그 일을 계기로 한 번
더 카이스트에 가서 강연을 했는데, 거기서 또 다른
재난의 생존자들을 만나 이야기를 들을 수 있는
자리에 초대되었습니다. 그 앞에서 제 이야기도
짧게나마 해볼 수 있는 기회가 있었는데, 그때 9년
만에 4·16 기억교실에 가보게 되었다는 이야기를
했습니다. 자리가 끝나고 헤어지기 전 어느 분이 자신도
살아 돌아온 현장에 다시 발을 딛는 건 정말 힘든
일이었다고, 제가 해준 이야기가 큰 위로가 되었다면서
절 안아 주셨습니다. 그 전까지는 내 이야기를 다른
재난 생존자들과 공유하는 것이 무슨 도움이 될까

생각했었어요. 하지만 그 일로 자신과 비슷한 일을 겪어 아픔을 공감해 줄 사람이 있다는 것만으로도 사람에게는 힘이 된다는 것을 알게 되었습니다.

책을 낸 후 전에 없던 기회들을 갖게 된 것도 감사한 일인데, 저에게는 더욱 감사할 분들이 생겼어요. 먼저, 바쁘신 와중에도 제 책의 추천사를 써주신 김은지 스쿨닥터 선생님. 저는 살면서 선생님만큼 바쁜 사람을 본 적이 없는 것 같아요. 그런데 선뜻 추천사를 써주셔서 정말 감사했어요. 그리고 울산의 한 독립서점에서 제 책을 판 수익금을 운디드 힐러에 기부해 주셨는데, 얼굴도 모르는 그분의 마음에 너무 감사했습니다. 또 포항의 어느 독서모임에서는 초등학생 친구들이 제 책을 읽고 써준 손편지도 보내 주셨어요. 어린 친구들의 목소리를 처음 들어 볼 수 있어서 정말 좋았습니다.

이 외에도 저를 응원해 주신 분이 많다는 것을 알고
있습니다. 온라인 서점의 독자 리뷰와 블로그 같은
여러 곳에 올라온 후기들을 모두 찾아 읽어 봤거든요.
거기에 적힌 한 글자, 한 글자 덕분에 무언가 더 활동을
해나갈 용기를 얻게 된 것 같아요. 이 지면을 빌려
인사를 전합니다. 모두 따뜻한 말로 저를 응원해 주셔서
고맙습니다.

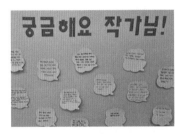

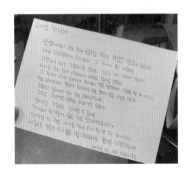

다시 10주기

2024년 4월 봄이 왔습니다. 10년, 제 인생을 송두리째 바꿔 버린 그날로부터 벌써 10년이라는 시간이 훌쩍 지났습니다. 그때 저는 10년 후에 어떻게 살고 있을지 가늠조차 안 되었고, 과연 살아 있긴 할까 의문을 품었던 것 같습니다. 앞으로 정상적으로 살지 못할 거라고 생각했으니까요. 하지만 그런 저를 응원하고 지지해 준 분들 덕분에 제가 지금까지 굳건히 서 있을 수 있는 것 같아요.

⁎

최근 세월호 참사 10주기를 맞아 몇몇 활동을 계획했었습니다. 그중 하나가 KBS에서 제작하는 세월호 참사 10주기 특집 다큐멘터리 참여였어요. 여러 번 제작진과 미팅하고 촬영하고, 일회성 인터뷰가 아니어서 신경을 많이 썼습니다. 그런데 사실 찍으면서도 가끔 불안하긴 했어요. 이게 방송이 될까, 못 되는 게 아닐까. 그런데 역시나 우려가 현실이 되더라고요.

방송을 코앞에 두고 PD님으로부터 방송 불가 지시가
내려왔다는 연락을 받았어요. 곧 총선을 앞두고 있다는
이유였습니다. 방송을 내더라도 4월은 안 된다고, 뒤로
미뤄야 한다고요. 모두가 10주기에 맞춰 방송하기 위해
애를 썼고, 사실 10주기가 아니면 특집 방송으로서
의미가 없는데 납득하기 어려운 이야기였습니다.
결국 최종적으로 불방 결정이 났습니다. 한동안
우울했고, 화가 많이 났습니다. 몇 달 동안의 제 노력이
물거품으로 돌아갔다는 것보다 저와 함께 열심히 노력한
제작진 분들의 결과물이 세상에 나오지 못한다는 현실이
가장 화가 났어요. 10년이 흘렀는데도 세상은 아직도
바뀐 게 없다는 생각이 들 수밖에 없었습니다.
하지만 그 외에도 많은 곳에서 저의 이야기를 듣고
싶다는 연락이 왔습니다. 책을 냈지만 언론에 나가 제
이야기를 하는 건 더 많은 용기가 필요했어요. 아직은
저를 세상에 있는 그대로 내놓는 게 무섭거든요. 하지만
조금씩 제가 이야기를 풀어 나가다 보면 어쩌면 저와
비슷한 처지의 다른 사람들도 거리낌 없이 자신의

이야기를 하게 되지 않을까 생각하고는 해요.

✻

저에게는 남아 있는 과제가 많아요. 여전히 제 안에서
풀어내지 못한 실타래도 있고, 세상에서 벌어지고
있는 여러 문제도 있으니까요. 하지만 스스로를 너무
채찍질하지 않을 생각이에요. 앞으로 남은 날이 많고,
설령 많이 남지 않았다 해도 이미 제가 깨달은 것들이
지금의 저를 이렇게 변화시켰으니 충분히 의미가 있지
않을까 합니다. 그날로부터 10년, 그리고 앞으로 또
살아갈 10년. 우리는 앞으로 10년 동안 어떻게
나아가게 될까요.
부디 그날들이 전보다 안전하고 행복했으면 좋겠습니다.
2014년 4월 16일, 그 배에서 저를 도와주신 분들을
시작으로 지난 10년 동안 제가 살아남을 수 있도록
저를 붙잡아 주고, 지탱해 주신 많은 분께 감사 인사를
전하고 싶습니다. 저와 다르지만, 다른 곳에서

다른 형태로 치열하게 생존을 위해 노력하고 계신
분들께, 당신은 잘 싸우고 있다고, 조금만 더 힘내라고
말하고 싶어요.

9년 만에
기억 교실에 발을 딛게 되었습니다.

지난 10년 동안 제가 살아남을 수 있도록
저를 붙잡아 주고, 지탱해 주신 많은 분께
감사 인사를 전하고 싶습니다.

오늘을 살아내는 가영이들

_ 김은지 정신과 의사(전 단원고 스쿨닥터)

김은지 선생님은 소아청소년 정신과 전문의로,
우리나라 '최초의 스쿨닥터'입니다. 4·16 세월호 참사가 일어난 지
이틀 뒤인, 2014년 4월 18일에 자원봉사를 하러 단원고등학교를
처음 찾았다가 스쿨닥터로 학교에 남았습니다. 선생님은 단원고등학교 5층에
있던 독서실을 참사 생존학생만을 위한 공간으로 꾸미고, 그곳에서 2년 가까이
임상심리사분들과 함께 생존학생들을 상담하고 치료했습니다.
트라우마의 한복판에서 아이들을 돌본 것입니다.
아이들이 졸업하고 스쿨닥터 임기가 끝났지만, 아이들 옆에 머무르기 위해
안산에 마음토닥 정신건강의학과의원을 열었습니다.
지금도 그곳에서 다양한 프로그램을 만들며, 세월호 참사를 비롯한
여러 트라우마를 겪는 분들을 치료하고 있습니다.

글은 사람을 닮습니다. 이 글을 쓴 가영이는 아프지만
웃고 두렵지만 도전하고 있습니다. 그래서 끝내 도망치지
않고 자신의 삶을 직시하고 있습니다. 이 글은 소박하고
평범한 문장 안에 보석 같은 순간들을 담고 있습니다.
또한 각자의 아픔과 상처를 담은 채 평범한 듯한 일상을,
오늘을 살아내는 또 다른 가영이들을 그리고 있습니다.
그렇게 이 글은 아직은 과정에 있는 우리 모두를
닮았습니다.

글은 인생을 닮습니다. 이 글은 긴 고통 속에 머무는
듯한 삶을 보여 줍니다. 그러나 그러한 삶에도 결국
다음 순간은 다가옵니다. 그리고 또 다음, 또 다음….
그렇게 어느 순간 돌아보면 참 많은 것을 통과해 지금
여기에 왔음을 새삼스레 알게 되지요. 때때로 벗어나고
싶지만 머물고도 싶고, 하지만 붙잡을 수 없는, 그리하여
유한하고 가치 있는 순간들이 이 글 속에 깃들어
있습니다. 한 땀, 한 땀 감동적인 한 편의 글이 되어.

2014년 가을 단원고등학교 2학년 교실에는 일상과 비일상이 공존하고 있었습니다. 수업을 듣고, 친구들과 장난을 치고, 수업시간에 졸기도 하고⋯ 한편으로는 돌아오지 못한 친구가 보고 싶어 기억교실로 달려가고, 자꾸 떠오르는 참사 장면에 멍해지고, 치솟는 분노를 참지 못해 어쩔 줄 몰라 하는.

가영이도 그랬습니다. 심리학을 전공하고 싶다며 진로 상담을 해오거나 명랑하게 일상을 이야기하면서도 혼자 있을 때에는 쉽게 우울해지고 친구들에 대한 그리움과 슬픔에 잠기곤 했죠. 사실은 명랑하고 싹싹하게 자신의 이야기를 하는 것처럼 보였지만 자신의 진정한 아픔을 드러내는 데까지는, 마음을 열어 신뢰를 쌓는 데까지는 긴 시간이 걸렸습니다. 감당할 수 없는 아픔을 가진 사람들이 그러하듯이요.

재난은 그 자체로도 끔찍하지만 이후에 가장 고통스러운 부분은 바로, 이 세상을 신뢰할 수 없게 된다는 것입니다.

'그날 이후로 마음이 죽어 가는' 경험, '다른 사람들이 나를 어떻게 바라볼지 알 수 없어' 고립되는 마음이 바로 그렇습니다. 사람들 사이에 있으면서도 안전하지 않았던 경험은 재난이 만든 상처가 치유되는 것을 더디게 합니다. 사람들을 신뢰할 수 없었던 경험은 마치 아무것도 보이지 않는 숲속에 혼자 던져진 것과 같은 것입니다. 그 후 만약 아무도 손 내밀지 않았다면, 그리고 아무의 손도 잡지 않았다면 진실로 가영이의 마음은 서서히 죽어 갔겠지요.

하지만 가영이에게는 '택시 아저씨의 작은 친절'과 '먼 이국땅에서의 조건 없는 돌봄' 등 소중한 마음들이 있었습니다. 그리고 가영이에게는 다시 한번 사람을 믿고 사람에게 다가갈 수 있는 용기가 있었죠. 씨실과 날실처럼 그렇게 어우러진 따뜻한 마음과 진실된 용기가 다시 숲을 밝히고 마음에 생명력을 불어넣었습니다.

시간이 흐르는 대로 어떤 일들이 그저 지나간 것

같지만 결코 그렇지 않습니다. 그렇게 간단하지
않아요. 거기에는 누군가 할퀴고 간 지워지지 않는
상처, 또 누군가 기꺼이 나누어 준 온기가 온통 뒤섞여
있었습니다. 그리고 그 안에서 '마주하고' 또 '마주 선'
가영이의 치열한 고민과 용기가 있었지요. 가영이는
마침내 이 유한한 삶에서 '가까운 사람들을 더 많이
사랑하고' '오늘에 최선을 다하는' 것의 의미와 가치를
찾아냈습니다. 그렇게 지금 삶을 살아내고 있습니다.
우리는 기교 없이 담담하게 쓰인 이 언어들 사이에서
깊이 있는 삶의 편린을 발견하고, 함께 공명합니다.
오늘을 살아가는 우리 모두에게 필요한 고민과 성장이기
때문이지요.

열 번째 4월이 왔습니다. 바람이 따뜻해지고 초록의
잎이 고개를 내미는 이 계절에, 누군가는 피어나는 벚꽃
속에서 기쁨보다 슬픔을 먼저 느낍니다. 그들에게는
열 번째 슬픔이고 열 번째 되새김입니다.
저는 이 책을 읽으며 십년 전 학교에서 보았던, 이제 막

스물일곱이 되었을 그 아이들을 떠올립니다. 한 명, 한 명 모두의 이야기를 들을 수는 없지만 아마도 가영이처럼 수많은 부침 속에서 자신만의 속도로, 자신만의 빛깔로, 자신만의 의미로 삶을 살아내고 있겠지요. 어쩌면 그들을 대표하여 용기 있게 자신의 삶을 많은 사람 앞에 열어 보여 준 가영이의 용기에 감사합니다.

이 책을 읽는 분들의 마음에 슬픔만이 아니라 희망도 가닿기를 바랍니다. 그리하여 가영이의 삶에 대한 존중과 경외가 아직 쓰이지 않은 스물일곱 이후의 삶에도 깃들기를, 이 세상을 살아내는 우리 모두의 삶에도 깃들기를 바랍니다.

2014년 4월 16일
세월호 침몰
수학여행 가는 길, 큰 사고를 겪다

5~6월
연수원 합숙
친구들과 치유의 시간을 보내다

6월 25일
학교 복귀
두 달 열흘 만에 학교로 돌아오다

2014

2015

└── **세월호 특별법** 진상규명, 피해규제를 둘러싸고 나라가 시끄럽다 ──┘

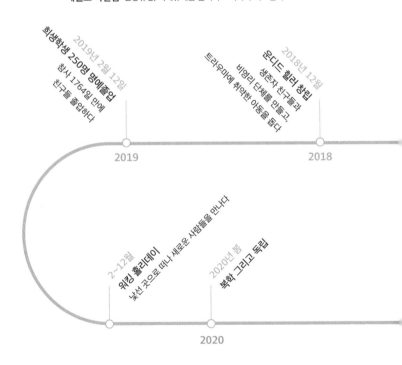

희생학생 250명 명예졸업
2019년 2월 12일
참사 1764일 만에
친구를 졸업하다

운디드 힐러 창립
2018년 12월
생존자 친구들과
비영리 단체를 만들고
트라우마에 취약한 이동을 돕다

2019

2018

위킹 홀리데이
2~12월
낯선 곳으로 떠나 새로운 사람들을 만나다

복학 그리고 독립
2020년 봄

2020

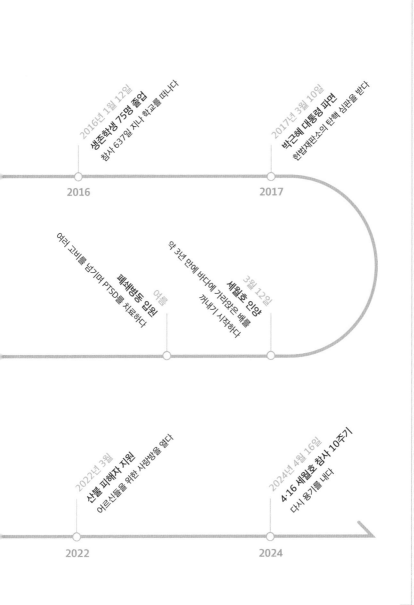

2016년 1월 12일
생존학생 75명 졸업
참사 637일 지나 학교를 떠나다

2017년 3월 10일
박근혜 대통령 파면
헌법재판소의 탄핵 심판을 받다

2016

2017

여름
폐쇄병동 입원
여러 고비를 넘기며 PTSD를 치료하다

3월 12일
세월호 인양
약 3년 만에 바다에 가라앉은 배를
꺼내기 시작하다

2022년 3월
산불 피해자 지원
어르신들을 위한 사랑방을 열다

2024년 4월 16일
4·16 세월호 참사 10주기
다시 용기를 내다

2022

2024

다른 포스트

뉴스레터 구독

바람이 되어 살아낼게

세월호 생존학생, 청년이 되어 쓰는 다짐

초판 1쇄   2023년 4월 1일
개정판 1쇄   2024년 4월 1일

지은이   유가영

펴낸이   김한청
기획편집   원경은 차언조 양희우 유자영
마케팅   현승원
디자인   이성아 박다애
운영   설채린

펴낸곳 도서출판 다른
출판등록 2004년 9월 2일 제2013-000194호
주소 서울시 마포구 동교로 27길 3-10 희경빌딩 4층
전화 02-3143-6478 **팩스** 02-3143-6479 **이메일** khc15968@hanmail.net
블로그 blog.naver.com/darun_pub **인스타그램** @darunpublishers

ISBN 979-11-5633-609-9 03810

다른 생각이
다른 세상을 만듭니다